这安静的好时光

林然——著

河南文艺出版社
·郑州·

图书在版编目(CIP)数据

这安静的好时光/林然著. —郑州:河南文艺出版社,2017.10(2020.10 重印)

ISBN 978-7-5559-0598-1

Ⅰ.①这…　Ⅱ.①林…　Ⅲ.①诗集-中国-当代
Ⅳ.①I227

中国版本图书馆 CIP 数据核字(2017)第 235743 号

出版发行　河南文艺出版社
本社地址　郑州市郑东新区祥盛街 27 号 C 座 5 楼
邮政编码　450018
承印单位　永清县晔盛亚胶印有限公司
经销单位　新华书店
开　　本　890 毫米×1240 毫米　1/32
印　　张　10.5
字　　数　235 000
版　　次　2017 年 10 月第 1 版
印　　次　2020 年 10 月第 2 次印刷
定　　价　39.00 元

图书如有印装错误,请寄回印厂调换。
印厂地址　永清县工业园区大良村西部
邮政编码　065600　电话　0316-6658662　6658663

序一　诗性生活的本然样态

单占生

读完林然收入此集中的诗作，我心中很自然地就冒出了一句话——诗性生活的本然样态。这是我对林然的诗的直接感受，也是我反复体会后的理性认知。

林然的这部诗集共分为四辑。第一辑为“温软”，基本上是表现爱情的诗，展现了诗人最直接、最柔软的内心生活；第二辑“知味”，是诗人在现实生活中所品尝到的人生滋味；第三辑是“行走”，这些诗作大多为诗人行走过程中所见之山水景致，呈现了诗人的山水情怀；第四辑叫“铺陈”，多为诗人的所思所想，以及曾触动过诗人内心情感的社会见闻。这样的分类让我想起我国第一部诗歌总集——《诗经》，其开篇第一首诗就是爱情诗《关雎》。由此可见，在我们身体里传承的文化血脉，其生命力是何等的强大坚韧。

这种坚韧的文化力量不仅体现在我们的日常行为上，如诗集分辑分编的潜意识行为，同时也会对我们的审美思维形成潜移默化的影响，使我们总是敏感于某些特定的审美元素，也使我们总为那些特定的人和事而感动。就像林然在本集中呈现给我们的

这些诗作。尽管诗人把这些诗分成了四大部分，让日常生活中无序状态下所写的诗各归其类，但这些诗作还是有一个共同的精神方向，这个方向就是真实自然的心性，淡雅晓畅的诗风。

对真实自然的追寻体现在诗人对具有诗性元素的生活细节的选择上，也体现在诗人对其生活场景的表述上。比如《你是我今世的情人》一诗中对于“今世”苦乐的认识，这在诗人的不少诗作中都有所表现。这里，我们引述两首较短的小诗。比如《悟》：“你走后/我终于明白/幸福就是和你一起/享受/争论不休的日子。”再如《心绪》：“可以想象/你走后的情景/那是一种冷冷的空寂/所以　趁着现在/好好享受/月圆的幸福。”诗虽短，但都明白晓畅地表现了诗人真实自然的心性和其对真实自然生活的价值认同。在诗人看来，花好月圆是一种幸福，吵吵闹闹同样也是一种幸福，正如大自然一样，风和日丽是自然现象，狂风暴雨同样也是自然现象，仅仅是风和日丽又怎能构成丰富多彩的自然景象？仅仅是花好月圆也许真的构不成真实丰满的日子。阳光也好，风雨也罢，关键是我们必须知道，当下才是真实的幸福和幸福的真实。《这个下午阳光很温暖》，尽管“远方很远”，但“你来与不来，我一直都在”，因为我在《这安静的好时光》里。其实，具有恒久价值的诗性，往往是对现实生活中某一细节所具有的诗性的深刻体认，并用最朴实晓畅的语言把自己在那一刻的心境表述出来。如此，那诗性也就留在了诗行里，留在了后续的时空里。诗人不必故作高深，你是什么，就只能留下什么，诗人林然对此似乎深有体悟。也许，正是有了这些体悟，她的创作才没有“为赋新词强说愁”，才有了诗与生活高度一致的本然样态：

我说不清
这是怎样的美妙
我只听得
如痴
如醉

飘忽不定的游弋
在一种虚幻的世界
构建高尚的灵魂

有些突兀　可笑
却是愿意抵达的高度
让心思邈远　空寂　无尘

这是一个美妙的下午
一场碰撞
让精神有了
最好的归宿

——《这是一个美妙的下午》

可以想见，这是一个真实的下午，这个下午有一场言说，这场言说富有诗意，这场具有诗性的下午时光淹没了诗人。于是，诗人林然就这么淡雅晓畅、真实本然地把自己的内心诗性记录了下

来，这就是林然的诗：发现生活中的美，记录自己心中的诗。

2017年8月5日　郑州

（单占生，中原大地出版传媒集团学术顾问，诗人、评论家，郑州大学中国现当代文学硕士研究生导师，河南文艺出版社原总编辑。）

序二　红城花事

田　君

最近,我在为一部电影文学剧本做准备,而准备的重点就是要搞清楚九十年前,巍峨的大别山里一支红军队伍的诞生和成长过程,所以,对于大别山也就必须有更深层次的了解和认识。是的,二十八年红旗不倒的精神成就了大别山,而地处大别山腹地的新县,当时还只是一个叫新集的小镇,人口不足万人,却家家有烈士,户户有红军,因此,我们就不难理解为何多支红军部队和一百多位开国将军会诞生、成长在这里了。这里是一座英雄的城,一座充满革命浪漫主义的红城。

第一次去新县,我就对这个有着革命传统的小城留下了深刻的印象,那里道路崎岖,黛瓦灰墙,人们口音迥异,不管怎么看都仿佛置身于一处江南小镇。屈指数来,那已经是二十一年前的事情了,那时的我还正青春年少,为了文学而远赴紧邻新县的另一个将军县,到湖北红安县境内的一处景区参加一个笔会。对于新县,那时的我是一个地地道道的匆匆过客,未做片刻停留,主要是因为那时在新县没有认识的人。后来,去的次数越来越多,尤其是近些年,朋友更是日渐增多,新县也早已不再是我印象中 1996

年的新县了，但对我来说，最大的变化就是我在新县有了一群朋友，林然就是其中一位。现在已经记不得是什么时候、什么地点和她相识了，但总的印象是她一直低调内敛，脸上总是保持着会心的微笑，人前人后总是一副知心大姐的模样。后来，她参加过我们组织的几次诗会和采风活动，一直相处得十分愉快融洽。但真正和她熟悉起来还是在 2013 年初夏的“东北之旅”中，那时我们十八个人到东北进行文艺采风，因为路途遥远，我们几个相邻铺位的人便在火车上玩起了扑克，借以消磨漫漫时光。这趟旅程之后，我和林然就变成了真正意义上的朋友。

林然的文学创作其实比我要早，她已经出版过几部诗文集。她写诗，也写一些随笔性文字。纵观她的写作和生活状态，她应该是属于有闲阶级的写作者，其题材的选取和文本的指向充满了小资情调和个人意趣。多年来，不管在青春期还是进入了中年，她始终保持一颗纯粹和洁净的心，有自己的写作追寻。不为名所驱，也不为利所使，只写自己关注的事物。是为数不多真正达到了“情之所至方下笔”“语不惊人死不休”的忘我状态。她从不在诗文中掺杂使假，如果文学创作也有原生态，那么，林然的写作就是原生态的写作。这一点，值得我们很多人学习和借鉴。

林然是一个善于捕捉和还原情感火花的人，爱情、亲情、友情成为她笔下永恒的主题，我们只需随手翻看一下诗集的目录就不难发现这一点。这些本属于个人的情感，经过诗意的加工和艺术处理，很容易就能够抵达读者的心灵，引起情感的强烈共鸣。当然，她也写了一些其他意义上的诗，比如咏物诗、哲理诗、游乐诗等等，但归根结底，这些诗最终还是跟情感建立了某种内在联系，只是呈现出了另一种外在形态而已。写作本就没有高低贵贱之分，林然数十年如一日，执着于这些美好事物和健康情愫的发现、记录和表达，实属难能可贵。任何一条道路都没有捷径可走，只有这样下足功夫，才会，也才有可能收获果实，享受成功的愉悦。

这本诗集叫《这安静的好时光》，林然在发来书稿的同时，对于书名，她也征求了我的意见。我思考了很久，最终觉得这个书名十分吻合她的写作心境和生活状态。是的，对于林然来说，每一天都是好时光，她就像安静开放在大别山里的杜鹃花一样。杜鹃花，俗称映山红，是大别山上最常见也最艳丽的花。每到春天，开得漫山遍野到处都是，它红得妖娆，红得纯粹，红得醉人，红得不管不顾，红得其他花都黯然失色。杜鹃花是不是大别山所独有，我未做过考证，当然，我知道自己的这种假设很荒唐，但我愿意相信这种假设的可能性。即使不是，我也认为大别山人个个都有这种气质，林然也不例外。杜鹃用它的怒放记录一个春天的美好，而诗人林然则用这部诗集来记录时光中的美好，她的这些诗，记录着她生活中的吉光片羽，如同在新县这个红城遭遇的一场场花事……

我是在鲁迅文学院的课堂上接到的林然的微信，她说准备出版一本诗集并邀我作序，以往遇到这样的事情，我一般都会先推托几次，最后实在推托不掉时才会接受。但这次，我几乎没有犹豫就答应了，尽管我知道，这篇文章未必能为这本书增辉添彩，但仅仅作为一个朋友的祝福，它应该有足够的真诚。那就祝福林然

青春永驻，诗意常在吧。

是为序。

2017年5月9日于鲁迅文学院

（田君，中国作家协会会员，河南省诗歌学会副会长，信阳市作协副主席兼秘书长、诗歌学会会长。现供职于信阳市文联，鲁迅文学院第32届中青年作家高级研讨班学员。）

目 录

辑二 知味

辑三 行走

辑四　铺陈

辑一 温软

我给你我设法保全的我自己的核心——不营字造句，不和梦交易，不被时间、欢乐和逆境触动的核心。

——博尔赫斯

七月流彩

会属于我们吗？这个七月
你心径留香　双手相握
那流韵的眼波
似淡淡幽香
嗅开了思念的花蕊

雨一直在下
如帘的细雨
似深情的呼唤
而此时　比车轮还快的
是心跳

期待一种相逢
矜持地相拥
它比歌声还美　比月光轻柔
会吗？这美妙的时刻
会留在多彩的七月吗？

梦　境

这个早晨因昨夜的梦境
充满诗意
那一种淡淡的喜悦
幻化作优美的旋律
轻轻地流淌

蔚蓝的天空下
心在浩瀚的大海扬波
如水的月光中
放牧心灵　长啸当歌

多么美妙的时刻
让我长醉不醒吧

幻　想

在这样柔风细细的清晨
我化作一滴水
滴在你盛开的心瓣
苍凉的胸膛

在这样无风无雨的夜晚
我化作清茶
那舒展的叶片在你的手中蹁跹
袅袅的幽香在你的唇边荡漾

在这样月光摇曳的晚上
和风温柔地轻拂脸庞
我化作一片云
你必是那拥抱云朵的风

正是桂花飘香时

你笑语频频　翘首以待
我踏云前往　心旌摇荡
今生　在你的温柔之畔
我的思念溃流成河

来吧　你等待的热情
将时空的距离缩短
我狂跳的心儿
穿越了古今

寻访那种感觉
让沉寂的灵魂瞬间起舞
最怀念那一丝感动
让我的泪眼模糊

来吧　让我们用诗人的浪漫
把真情在秋天播种

不让忧伤触痛心灵
让快乐穿上粉红的裙裾

你双眸盛满多情
我心海泛起柔波
沉醉于一种情怀
正是桂花飘香时

你是我今世的情人

这辈子
我注定爱你
你是我今世的情人

我第一次的心痛为你
我第一次的泪流为你
我第一次的欣喜为你
我第一次的微笑为你
你是我今世的情人

我一生的花开花落为你
我一生的患得患失为你
我憔悴了红颜为你
我坚守着信念为你
你是我今世的情人

没有你　我的心是空的

没有你　我的灵魂是死的
你是我今世的情人

你让一张白纸
五彩斑斓
让它有了生命的质感　而我
就是那空空的白纸啊
我今世的情人

我愿意　你随心地涂抹
那笔端的写意　就是我
心里盛开的花朵
那么执着为你绽放啊
我今世的情人

不要羞愧给我的太少
是你　让我活得真实
你让我淡然了尘物啊
我今世
灵魂的
纸上的
笔端的
情人

今夜，此情难诉

那一刻　你炽热的表白
让我倾心醉了半生
山无陵　天地合……
这远古的誓言让我读懂了
你的柔情　最真

多少年来
我在自己编织的梦幻里
醉心于一个人的舞蹈
当激情的潮水退去
华美的帷幕落下
空寂的舞台只有孤独的我

其实　原本就没有喝彩和伴吟
可我总喜欢留一处长长的留白
柔柔的颤音过后
期待一声热烈的和鸣　然而

寂静无声

坚如磐石的信念
在现实的碰撞中开始摇摆
那一瞬的恐慌如紫藤般疯长
凋零的心似花瓣　随风飘落

今夜　这柔情似水的月光
该怎样见证你滚烫的情怀

最美的相遇

闭上眼睛
舒展皱褶的心
灵魂起舞　蹁跹
舞动红尘的恋歌

踏万水千山寻你
了却惊鸿一瞥的思念
牵你的手
是我今生的幸福

择一城终老
守着花开　守着你
执手相看不厌
霜染鬓发

岁月沉香的百年
青春不老

滚滚红尘　你依然是我

最美的相遇

为你写诗

那单调的音符
因你的倾听而优美
那苍白的文字
因你的欣赏而激扬
那冷漠的心
因你的相知而温暖
那平淡的日子
因为有你而精彩

亲爱的
今生
我只为你
写诗

阴天　我把细雨写进诗里
让她温润你的心
晴天　我把阳光写进诗里

让她灿烂你的心
冬天　我把雪花写进诗里
让她浪漫你的心
夏天　我把清风写进诗里
让她凉爽你的心

亲爱的
今生
我只为你
写诗

西窗梦话

一弯冷月
在这深秋的夜晚
将清寒的月光
洒成柔辉
轻轻拂过你多情的眼眸
慌乱中
掉进温婉的梦乡

朦胧月色中
梦似花间的彩蝶
翩翩起舞
我潜心守候
于清水河畔　杨柳岸边
期待灵魂相拥

就这样　伴着柔辉
枕着月光中的梦

在心灵交汇的刹那
将这份愉悦
也沉醉在
你的梦中

今晚的月亮瘦了

今晚的月亮瘦了
我的心事却丰盈
踏着月光　漫步在
寂静的河岸

远处耀眼的车灯
投影在平静的水面
一丝秘密的惊喜
忽然在心头颤动

想说的话太多
却不知从何说起
不敢拨动你的心弦
怕思念把你灼伤

河水缓缓地流淌
月光静静地消失

我的思念正浓

爱已成殇

只因那里有你

星星灿烂了夜空
温婉的风一直在吹
吹开了思念的花瓣
一袭暗香随风而至
潜入我缱绻的梦乡

是你吗
素净淡雅　衣袂飘飘
舞动的裙裾
将我的思忆拉长
心海的那一丝悸动
让今生的感动在瞬间起舞

是你吗
深情呼唤　踏云归来
微笑的眼眸
缩短了时空的距离

咫尺天涯的思念
让我无意所有的缤纷

今夜　希望你的到来
成为一段美丽的童话
诗意我平淡的日子
灿烂我迷茫的季节

好想好想
在每一个云雀唱醒的早晨
我依然沉睡在梦里
不愿醒来
只因那里有你

把火熄灭

我懂
那又怎样
又能怎样

还是把火熄灭吧
犹如眼镜蛇的化身
在幻觉中迷失

把温度也降降
最好是零下
乃至结冰

这多好
晶莹剔透
美才看得见

等

若岁月允许
我愿在下一个渡口
等你

只怕　路太远
跋涉难
你折身回转

留我
于苍茫中
痴痴地等

且把命拿去

且把命拿去
若你幸福
且把命拿去
若你快乐
且把命拿去
若你平静
且把命拿去
若从此遗忘

若我命换你心安
且把命拿去

这一天

这一天
不管是刮风　下雨
温暖　寒冷
我都会蘸取阳光和色彩
在你盛开的心瓣写诗
让它成为一个特殊的日子

这一天
所有的阴霾都将散尽
祥和的云朵也为我们祝福
就连从不写诗的你哟
也情不自禁地朗诵
只有我能听懂的诗歌

这一天
多情和浪漫尽情地舞蹈
所有的花蕊都竞相绽放

所有的飞鸟都喝彩高歌
连陌生人也忍不住回头
看我们洋溢快乐的脸　和
幸福染红的那片天

元旦心语

总该留些什么吧　在今天
如潮的思绪翻来覆去
只有三个字
谢谢你

真的要谢谢你
你的陪伴　付出
朴素的爱

来人间真的不易啊
那么多的沟坎
那么多的磨难

来人间真的快乐啊
那么多的甜蜜
那么多的欢笑

那一世　我转山转水转佛塔
不为修来生　只为途中与你相见
幸好　我磕长头　修来了今生
与你地久天长

雾里看花

你以玉树临风的形象
成为一种标杆
在我的心里
永久地傲立

今天　不知为什么
惯常的思维
开始摇摆不定
否定之否定如锋利的刀尖
把我的心生生地刺痛

真的是自欺欺人吗？
我的信心在海底触礁
但我仍然相信
你　永远是我心中
不倒的　信念

我喜欢这种现象
雾里看花　因为模糊
让我的眼睛
少了辨认的负担
让我的心灵
多了对美的向往

元宵之夜

今夜　我和你
还有我们的女儿
在这月光摇曳
流光溢彩的夜晚
共度良宵

和风轻轻拂面
暖意悄悄流淌
快乐随风飞扬
幸福在相扣的指尖
相互传递

此刻　风含情
此刻　月含笑
此刻　人已醉
此刻　忘了今夕何夕
此刻　天上人间尽欢娱

致至爱

如血的残阳　被
暗黑的夜空吞噬
天幕泻下阴森寒冷
月光泛着惨白的笑
照着我彳亍
在没有星星的夜晚

街上那些狂乱的影子
像汹涌的浊浪把我淹没
灵魂被地狱的镣铐
无情地缚住
生命像失去了魂魄
飘忽不定地游移

幸好有人间的至爱
牵挂　呼唤着重生
否则我羸弱的凡身

怎抵那红尘的浪涛

至爱的光辉啊
是温暖我精神的乐土
不要说我的文字太轻
那是凝聚真情的流露
在诗句里
每次都有我倾心的恋情

我难以接受啊，爱人

你的贫穷我可以接受
你的荣光却与我无关
不要说给了我一切
原本奢求不多

爱人
你别样的爱令我窒息
那充满善意的欺骗和谎言
是缠绕在我心底的痛
而你自己也不堪重负啊

纵然你心怀美好
不想让俗事将我的心蒙尘
可你是个蹩脚的演员
再好的角色总被你演砸
再好的故事也总是以悲剧收场

卸下你的面具吧
你负累的模样让我心痛
而我受伤的心灵啊
你却佯装不知
一次又一次地被你撕扯

爱人
为何要将忧伤
种植在草长莺飞的三月
而我心中的阳春已然结冰
那所剩无几的骄傲啊
也被你所谓的爱情
呵护得　体无完肤

若为了粉饰你的爱
我难以接受啊　爱人

一种心情

这朗朗的天空阳光灿烂
我晦暗的心里暮气沉沉
哦　亲爱的　你不在
我丰足的日子无情趣

一壶好茶独饮
品出的是一份落寞
若有你共饮
那是怎样的幸福

一个人的旅行
行走的是一份寂寥
若有你相伴
那是怎样的快乐

相融吧　天地之美
做个自由的神仙

亲爱的　来吧

浮云与真实同在

其实不想走

一泓碧水
终于冲开了那扇窗
顺流而下

这是一个阳光明媚的下午
你情感的决堤竟让我
猝不及防

我坚硬的外表
在你难舍的泪眼中
变得不堪一击

孩子　原谅我
真的不忍离别
黯淡你欢快的心

其实不想走
其实我想留

不可言喻的痛

所有的付出
成了一把利剑
转身刺透我的胸膛

真的是作茧自缚
你决然的话
让我的心千疮百孔

一次又一次
我的骄傲　自尊
如你手中的物件
在不经意间　被你
无情地丢弃

为什么
伤我最深的
却是最爱的你！

这种感觉　痛彻心扉

却又如此　不可言喻

我知道

你的伤害是

无意的

可是

爱就像美丽的花瓶

轻轻触碰

就会碎片满地

无从拾起

情感的决堤

你决堤的情感
似迅疾的伤感寒流
猛烈地将我推入冰海
几次浮沉　差点上不了岸

在呼啸的冰海中
我无力挣扎　几乎窒息
任凭冰冷的海水
无情地把我淹没

我知道　你压抑的情感
需要一个宣泄的出口
纵然我是你的导火索
为了你　我愿意燃烧自己

只是　你要记得
我也是肉身凡胎

也有尘世的虚荣和自尊
需要爱的滋润

你更要记得　今生今世
唯一爱你　不求回报的
依然是你的　娘亲
亲亲的娘亲

等你，是我生活的唯一

就这样倚着窗儿
眺望你归来的方向
等你　欣然赴约

于万花丛中
你是一抹耀眼的红
迷乱了我寻觅的眼

浮躁的心
在你踏云归来的刹那
消失得无影无踪

这个春天
等待似涓涓细流
滋润了枯燥的心

等你
是我生活的唯一

因为想你

这个阴雨的下午
在流淌的旋律里
在茶香的氤氲中
我开始想你

品一口香茗
思念开始涌动
那挥之不去的潮水啊
仿佛要把我淹没

我愿意被淹没
何其有幸啊
可以这么痴痴地想你
想你的时候
人世间的利益与纷争
像一缕轻烟
随风飘逝

而我心海的那一块净土啊
也因为想你
绿意葱葱

悟

你走后
我终于明白
幸福就是和你一起
享受
争论不休的日子

坐在秋雨的背后想你

坐在阴雨的背后
任凭秋天的凉把我浸透
流水的光阴也无情地清洗
我逐渐暗黄的容颜

身体在冰冷的沙发越陷越深
在愈发昏暗的光线里
细数你走后的时间
这一刻
时光仿佛静止

我只听见自己的心跳
冷寂的潮水要把我吞没
思念的蛊开始蔓延
疼痛一点点地加剧

愈来愈轻的身体开始坠落

仿佛坠入无底的深渊

无法逃避

视线逐渐模糊

你呀

为何将我思念的弦拨动

在这落叶缤纷

飘着丝丝小雨的

秋天的傍晚

思念

一

梦被一行冰冷的泪水惊醒
孤独肆意地蔓延
空被无限地放大

思念是一只蛊
原来这般疼痛
我的心被啃噬得支离破碎

一切从你走后开始
我很后悔对你的严教
让我掩藏了母亲的温情

二

我这样昼夜不停地想
我这样满怀深情地写
我如此地倾心
那是因为
是你
翠绿了我的心灵
丰美了我的人生

你不在身边的日子
思念爬满了所有的缝隙
那是一种沉甸甸的幸福
生动了整个世界

今晚
让我再次走进
冬天的深夜
等待你的到来
用你的小手
擦拭我幸福的泪滴

三

想不到
我最真的情意
是对你的思念
她
势如潮涌
激情澎湃

这是一种
无法言说的感情
流淌在我的身体
我的血液中

那是只属于你
独一无二
让我醉心的感动
直达我的灵魂

四

千里之外
你寒冷的呼吸

透过一朵雪花
抵达我的面前
刹那间
雪舞蝶飞

原来　这纷扬的雪花
是思念开出的花朵
我屏住呼吸不敢喊叫
那高过天空的思念
是一把温柔的利剑

冬天的记忆已近尾声
有关凛冽　冰封　寒冷的词句
正悄悄融化
一缕风吹过
你听
春来了

好好爱你

——写给生日的女儿

你的到来
让我
爱上这片土地和天空
除了你
我一无所有

你来了 从此
天空更加湛蓝
大地绿得更美

是你让我活得真实
丢弃了虚无缥缈的幻想
获得了对生命
最真 最美的体验

是你丰富了我的人生
有了儿女情长的牵挂

是你把我孤傲的心放低
融入凡尘　不再孤独
让我享受人间的至爱

是你　让我理解了母亲的含义
而你所给予我的幸福啊
世间万物又哪可比呢

佛说人有三世轮回
你是否就是我前世
苦苦修炼　相求佛祖
今世我们才有缘做母女？

做你的母亲是上天的安排
所以我要好好爱你
仿佛除了爱你
别的我也没有太多

来世
如果有来世
我依然会做你的母亲
在人间
好好爱你

心绪

可以想象
你走后的情景
那是一种冷冷的空寂
所以　趁着现在
好好享受
月圆的幸福

暖意

从麻城到上海
一万八千多秒
不长不短的旅行
于这个寒冷的上午

车厢喧闹不止
我试图在书里寻求
独处的宁静
耳朵始终被嘈杂裹着

这时　我开始想象
想象
和你见面的情景
四周骤然安静
鲜花绽放心头

目光所及的尽头

是阳光灿烂的远方
万紫千红的美丽
恰如你
幸福　甜甜的笑脸

亲　感谢你
让寂冷的旅行
有了春天的
暖意

最美的赠礼

微皱的眉
像阴云覆盖了天空
心底的暗
遮住了双眼

爱恨交织的痛
无休止地蔓延
不被理解的酸楚
在你抗拒的眼神中
闪现

亲亲
我前世的冤家
附在我血肉的精灵
你每次任性的举措
都是一次骇浪惊涛

若你安好
苦亦当乐
然你清瘦的模样
如失了颜色的花蕊

你怎会舍得
我无悔的努力　被你
漠然地拒绝
教我如何不伤悲

冤家　前世今生的冤家
万物何求
你月圆般粲然的笑脸
是我今生最美的赠礼

梅花颂

——写给我的女儿

躺在我的身体里
你总是那么不安分
终于
在一个雪花曼舞的季节
你
迫不及待逃离了我的身体

我承认
我单薄的身体不够枝繁叶茂
你必须有更大的森林呼吸
是啊
从你离开我身体的刹那
那一树的梅花
映红了整个寒冬

声音那么嘹亮　笃实　清脆
仿佛我青春的歌吟

而被你叫醒的梅花
那么耀眼　高贵
那么鲜红
燃烧了天际

而你
注定是我前世苦苦修来的果
于皑皑白雪中　凌霜傲骨的梅
于光阴流转中　香绕梦境的梅

被光阴刻下的皱纹
隐匿在时间的背后
又一次
你蹚过我青春的河流
溅起浪花

今夜　春意正浓
就让我在缤纷的四月里
遥望
那个冰清玉洁的寒冬
你怒放的火焰
唤醒来年的春天

昨夜呓语

你是我前世
修来的果
我是你今生
开在心海的莲

踩着碧波
在半顷莲池中
翩翩相拥
翩翩

几世轮回
你终将是我
红尘中
执着的回眸

一川烟雨
我是你远方

牵挂的风
轻抚你单薄的影

琴音飞扬
奏一曲长箫
似一朵莲花　绽放
在我心的渡口

思念是遥远的痛
让我化作一缕冬阳
暖你
在每一个
有冰雪的日子

那些无法诉说的思念

一曲清音
正漫过　我的身体
穿透　我的脏腑
在灵魂的空隙
滋长思念

起身　将阳光揽入怀中
温暖润透寒冷的冬季
润透散乱的目光

清音　香茗
糅合在一起
意念和思想开始纠缠
那些无法诉说的思念
像凛冽的寒风肆虐

阳光慢慢褪色

面对逝去的光阴
我忍住伤悲想你
和绽放的郁金香

我无法欺骗自己
意志约束不了疯长的意念
尽管你一直沉默　其实
你就在一盏清香的茶水里
陪着我　慢慢变老

寄语母亲

岁月的匆匆
让我在今天有些恐慌
此时
想起了远在他乡的父母
尤其是我的母亲

很久以前的今天
伴着母亲的疼痛
我出生了
生在那个贫瘠　不安的年代

母亲阴郁的心情
没有随我的降临而晴朗
却更添了烦忧
记忆中
童年的天空总是阴的

我一直觉得
母亲和我是生分的
我甚至觉得
我的出生让母亲无奈

我无法理解母亲的苦痛
年少的我只知道
母亲是个有“身份”的人
不能抬头做人的右派身份

母亲是个读书人
她的才情被那个年代淹没
母亲写得一手好字
刚劲　洒脱
像她的性格
宁折不弯

母亲因为率真失去了工作
可她凭着灵巧的双手
在人心惶惶的年月
没有让我们挨饿　失学

我从未看见母亲低头　弯腰
也没看见母亲流泪

母亲的柔软被她的坚强掩藏
母亲的泪流进了心里
母亲的坚韧和冷漠
让我心生敬畏

今天　我也做了母亲
看到年迈的母亲
我的心竟有些痛楚
我开始憎恨那个年代

那个年代让母亲的梦破碎
那个年代让母亲的心流血
那个年代让年轻的母亲流泪
那个年代让母亲美好的年华蒙霜

好在　那个年代一去不返
如今　我年迈的母亲
腰板依然挺得很直
头依然抬得高高

母亲的硬朗　健康
是我今生所求
唯愿母亲的梦
从此

温馨　甜美

此时
我仿佛看到了
母亲的幸福
正和这曼舞的大雪一起
飘洒　飞扬

手

无意中
我突然发现
心灵手巧的母亲
拿东西的手颤抖不已
皱巴巴的
斑痕累累
刹那间　时光静止
记忆穿过岁月年轮

一双光洁柔嫩　十指纤纤的手
一双笔走龙蛇　描龙绣凤的手
一双教我识文断字的手
一双在贫困动荡年月讨生活的手

如今　这双变了模样的手
让我忽然明白
什么是痛　什么是悔

什么是还不起的恩情

说不出的爱

父亲和梦

父亲一直是喜欢做梦的
从少年到老年
父亲的梦很遥远
遍及了大江南北
也漂洋过了海

父亲的梦让他颠沛劳顿
父亲的梦让他很不安分
父亲的梦与我们聚少离多
父亲的梦苍老了他的容颜
父亲的梦掏空了他的钱袋
可父亲的梦始终让他痴迷

因为梦
父亲极不平凡
依然是因为梦
父亲又太平凡

想有作为的父亲啊
一生却没有作为

时常
我的心随着
父亲深夜的叹息而颤抖
父亲或许不明白
他一往情深的梦想
为什么就得不到　得不到
老天的眷顾

其实
我一直理解我的父亲
他不着边际的幻想
充满着孩童的幼稚和天真
可父亲的梦是善良的
就像父亲的为人

父亲与我诉说他的梦时
洋溢着幸福
我始终不忍打破他的梦
梦是他的信念
早已根植在他的骨髓
让他充满希望地往前走

时间让父亲的梦
一个接一个地破碎
可他仍然不承认　不承认
自己的衰老　依然
迈着无力的脚步
在梦的路上艰难地跋涉

一场大病终于让父亲
停止了梦的追逐
看着年迈　衰弱的父亲
我矛盾着
梦是父亲的精神　我害怕
没梦的父亲　会垮

如今
寡言的父亲
话更少了
我不知道
梦在他的心里是否已经沉睡
我总是小心地躲避他的梦
怕梦再次把他灼伤

偶尔　面对父亲的时候

我会突然看到
父亲浑浊　无神的眼睛
会有闪闪的光
这个时候　我终于明白
父亲的梦
一直在他心里醒着

请卸下人间的苦痛吧

爸——

您走的时候秋风正起

枯叶落了一地

天空阴沉

我的心也结了冰

爸——

奈何桥上

您的脚步蹒跚

一步一回头

那不舍的眼神

把我的心撕碎

爸——

我在叫您

您听见了吗?

这个称谓从此将离我远去

让我再好好地叫您几声
爸——爸——

爸——
让我最后一次搀扶着您
您与我都面带微笑
请卸下人间的苦痛吧
愿天国是您重生的福地

爸——
别害怕
天堂的路是平坦的
那里开满了鲜花
阳光很温暖

爸——
一路走好
我在人间为您诵经

中秋节之夜

今晚
八月十五　月圆
不说爱
不说痛
也不说思念
厚厚的窗帘把朗朗的月光
拒之门外
我隐遁于此

黑暗叠加着黑暗
孤独重复着孤独

今晚
我想试着学习一些东西
譬如跳舞　唱歌　写诗
譬如清空身体的一部分
譬如学会安静　学会遗忘

这是多么不合时宜啊
我确信这些想法开始摇摆
体内冥顽的毒素也蠢蠢欲动
空气变得稀薄

我强迫自己拉开了窗帘
月光就势挤了进来
月色惨白　透着薄凉
我有些摇晃
把自己抱得更紧

这时
一种无法说出的疼痛
一种难以寄托的思念
像一根长长的毒刺从我的骨头里
慢慢探出
月亮也碎了一地

想

午夜的鞭炮响起
思念被再次炸开
泪水纷纷坠落

圆月中天
柔光满满
潮湿的心又起云翳

今夜
良辰美景
月圆人缺

中秋

素琴无弦
你依然纤手轻抚
在这月圆的晚上

不施粉黛的嫦娥
竟乱了翩翩的舞步
吴刚的桂花酒
醉了亘古的相思

琴声幽怨　乱章无序
这不变的琴音
从远古到现在
从月圆到月缺

盼

夜　疲惫地合上了眼

精神抖擞的我

一遍又一遍掰着手指头

一次又一次数着

愈来愈近的

年的

脚步

虚构

这世间有太多的无奈
不能左右自己
无法挽留青春
夙愿灰飞烟灭

我无法言说此时的情绪
怯懦　抑或逃避
在岁月的最深处
把恐慌藏进黑夜
诗歌缄默不语
文字孤独

今天　抛开一切
在意念中虚构
我是自己的王
君临天下

幸福

天空湛蓝　大地披彩
你的声音轻轻
颤动着秘密的惊喜
在我狂跳的心间穿过

世间万物
还能有什么让你快乐
这梦寐以求的时刻
瞬间
化作了永恒

感谢命运
在这个秋天的下午
让你享受幸福

而此时
我的幸福
又有谁懂

有一种爱痛彻心扉

不是我不愿意去想
而是我不敢去想
你就像长在我心里的一根刺
稍稍触动
就会有
鲜红的血流淌

可我无法不去想你
想你的过去　现在　未来
想你一切的一切
想你的温柔里
为何
总有点点的泪光

你无声的叹息
总是在黑夜来袭
我听不到　看不到

却深深地感觉到

可是　即便是这样

我也无法穿透你的世界

有一种痛不可言喻

有一种爱痛彻心扉

醉在今夜

终于　你如梦方醒
豁然开朗的感觉
似绽放的花朵
驱散了心底的阴霾
在我的心头荡漾

这是一个酷热难耐的夏夜
你的笑声如优美的夜曲
在耳畔唱响
它比小提琴的音色还美

多少年了
一直心痛着你的痛
幻想九天神女的玉手
拂去你心中的忧
将快乐种植在你的心头

今夜　就这么沉醉

哪怕是彻夜难眠

遥祝小妹生日快乐

农历十月二十五
一个普普通通的日子
因为神的旨意
度你来到了人间

从此　你怀揣着慈悲
来扫除尘世的恶俗
你拒绝平庸　驰骋商海
天地是你纵横的疆场

从豫南的小潢河
到岭南的东江
你书写着凛凛正气
胸中流淌着济世情怀

农历十月二十五
注定是不平凡的

所有的祝福和爱汇集在一起

缤纷在湛蓝的天空

印象

窗外的世界
灯火灿烂着
一片迷蒙
这个陌生的城市
充溢着混浊和肮脏
熙攘的人流
急速的车辆
让我窒息　烦闷
疲惫不堪

原本不喜欢
冷漠的钢筋混凝土
曾经一次次接近
一次次仓皇地逃离

今天　只因你的相伴
一些阴郁的印象消逝

而心中的那片森林啊

正郁郁葱葱

林梢之月

眸光交织的时刻
心掀起了微波
我羞涩地低下头
不敢正视
你深情的注视

许多年了
我的心只为一个人守候
那尘封的心事已是
锈迹斑斑

其实　我也想把心锁开启
可那林梢之处的月光啊
能否透过斑驳的树影
把我的心照亮

飞扬的希冀

银色的羽翼
在七月的天空中
沐浴轻柔的风
直上云霄

八千里路云和月
遥远吗

缘分的天空
几朵流云在飘
那洁白的云朵
是你捎来的书信吗
为何在瞬间
幻化成彼此相牵的彩虹

迎着金色的阳光
让蓝色的希望

在浩瀚的天空里
随风飞扬

辑二 知味

慢下来,静下来,听一听花开的声音,告诉自己,生活,真好!

——泰戈尔

如果可以

如果可以　请允许我
在秋天的一盏茶里
品着五彩斑斓的滋味
看花谢花飞

岁月无声无息
文字苍凉
被拒绝于
毛发之外
阳光渗透骨髓

雪花不再寒冷
犹如诗歌里的修辞
一件美丽的奢侈品
形同虚设

如果可以　请让我随意

随意颠覆季节的更替
在意念中想象爱情
然后　双眼盈泪

如果可以　请允许我
在秋天的一盏茶里
幸福又温暖地
走进春天

金色的阳光落进了茶杯

静谧的下午
低缓的音乐
一壶陈年老茶
偌大的房子
和我

一杯　两杯　三杯
茶香里　我数着
过往的旧事
心海泛起涟漪

云起云落的心情
深深浅浅的记忆

金色的阳光落进了茶杯
突然有个愿望
与你
听曲　喝茶　享受孤独

一杯温暖的茶

此时　音乐的律动
赶不上我心跳的节奏

什么声色犬马
纸醉金迷
什么月朗风清
云起云落
所有这些
连同诗歌一起
灰飞烟灭

这个下午
一杯温暖的茶
竟让我心存感恩
泪流满面

这个下午阳光很温暖

这个下午阳光很温暖
我安坐于一盏茶前
思绪飘向了远方

我知道　远方很远
连灵魂也抵达不了
可我还是竭尽全力

一曲清音漫过我的身体
湮没了春花秋月
湮没了泛黄的诗篇

思念如绽放的罂粟
开在寒冷的六月
在我贫瘠的心房注脚

慢点　再慢一点

不要那么快地舍我而去
暮色正覆身而来

而此时　我却想大声歌唱
把我的忧伤和喜悦
送给远方的你
现在的我

茶语

你来
我在
你不来
我依然在

前世　我是一棵枯瘦的草
沉睡不醒
众生视而不见
唯你弯腰拾起
还我青春的梦

在你温暖的掌心
我慢慢舒展　丰盈
多么陶醉啊
你看我的目光那么专注

轻轻地一吻

醉了一世的芬芳

为报你一世的恩情

今生　我只为你绽放

你来与不来

我一直都在

不可或缺的茶和诗

有人说　在香烟的缭绕中
可以开出思想的花朵
也有人说　被酒精浸泡的大脑
可以生长灵动的文字
这些散发辛辣　欲望的味道
仿佛黏稠剂堵塞着毛囊
令我昏厥　窒息

我不否认香烟和美酒的妙处
让人进入一种超脱的状态
可以无我
也可以无视整个世界
伤　痛　悲　喜　癫　狂　痴　嗔
统统被酒精淹没　随烟雾了却
难怪嘛
李白那么迷恋酒
路遥如此钟情烟

我嘛　喜欢一种叫茶的东西
一盏清香的茶水里
流淌着时光的芬芳
流淌着已然消失的青春和张狂
流淌着炽热的情感和文字
流淌着泛黄的容颜和记忆
流淌着尘世的意念和杂陈
流淌着人生的患得与患失
流淌着我的前世
今生和来世

流水的光阴被茶香温润
升腾起灵动的云烟
信手拈来的幸福遍地生花
在氤氲的茶香中
读诗　写诗　冥想　渐入空灵的意境
飞升　梦幻　入禅　忘我
多么曼妙啊　不可言说

我生命中不可或缺的茶和诗哟
除此　别无他求

今晚，夜色苍茫

今晚　夜色苍茫
你一路风尘
赶赴
只为一盏香茗

我把缺角的月亮
请进了家门
月光冷寂不失清雅
今晚注定是一个充满诗意的夜晚

茶香氤氲
此时　月光宛如一阕小令
身体被平仄和韵律浸润

争论不休的你们
一不小心
掉进了《诗经》的河流

我　一言不发

隔岸观火抑或幸灾乐祸

其实　我只是个看客

你们精彩的辩论让我心花怒放

朋友

我尊贵的朋友

让我把炉火烧得再旺些

温暖你

还有你们热爱的诗歌

在这寒冷的

苍茫的夜晚

道茶

高山之巅
与道同生
采集日月的精华
吸取雨雪的甘露
在晨钟暮鼓中接受膜拜

老子曰
人法地　地法天　天法道
草木之间
你是自然的精灵
一不小心被染上道的色彩

今天
在一缕袅袅的轻烟里
我却品出了俗世的味道

和朋友去新县金兰山游玩，其间有人问道、讲道。今日想起几年前去武当山带回的所谓道茶，烧水，冲泡，再饮之，却喝出别种滋味，遂记之。

这安静的好时光

我总是与现实不合时宜
譬如此时
这安静的好时光
天上的飞鸟　地上的走兽　以及
善变的人都在安歇

而我却在一盏茶里虚度时光
任由心思随袅袅的茶香飘远
幻想在红尘的最深处
相遇前世的自己

炽白的阳光有些虚情假意
此时的我却失望丧气
窗外的凌霄花不识时务地绽放
孤芳自赏地炫耀它的美丽

诗意的远方总是很美

我苍白的世界一片荒芜
落寞的我啊一直在努力
怀抱着梦想不离不弃

日子

我想　日子也该如现在的季节
奔放　热烈
诗歌却在那儿窃窃私语
窗外的凌霄花也笑得诡异　莫测

我拿出昨天清洗的片段
在纷繁的红尘中涂抹

现在　请让我闭上眼睛
掏空身体堕落的文字
再注入一杯滚烫的清茶
这样　日子就温暖多了

茶

不只是春天
一年三百六十天
在一盏陈旧的紫砂壶里
你一如春天般盛开

红的　黄的　绿的　黑的　青的　白的
那些沉睡的细枝末叶
一经沸水的碰撞
便舒展柔美的身躯

我端坐在你的面前
犹如坐在摇曳的春风里
看着你慢慢苏醒
脉络间演绎着风情

多么令人陶醉啊
你的芬芳弥漫四野

无法拒绝啊

你留我唇间的一缕香

挣扎

那么　从现在开始
让一曲梵音
将我置身世外

在那重复清寂的岁月里
我有无限的时光消磨
任容颜老去

无欲无求
了无牵挂
真的可以吗

梵音终了
留我
于俗世间
挣扎

下午，在一曲清音中，静品一壶香茗，当一盏茶喝到无味，便有了这痴言疯语。

辑三　行走

我去旅行,是因为我决定了要去,并不是因为对风景的兴趣。

无论走到哪里,都应该记住,过去都是假的,回忆是一条没有尽头的路,一切以往的春天都不复存在……

——马尔克斯

求渡

一路艰难跋涉
漫漫征途　茫茫戈壁
是谁醉了心事
把信仰痴痴地守望

癫狂吗
这浅吟低唱的背后
谁解你深深的爱恋
莫名的忧思

求渡
为谁求渡
莫不是一生的夙愿
在此偿还

武当山(组诗)

道

千里跋涉
在九曲十八弯的山路
倾尽五脏六腑的红尘俗事
素心寡欲
把你膜拜

都说　道　深藏于此
自然的法则里
有道可寻吗
道法自然

道可道　非常道
而我的问道
从有形到无形

从费解到无解
道法自然

秋色

许是听了你的呼唤吧
梦里
你穿着五彩的衣裳
撩拨得我心旌摇荡
那一晚
我的灵魂提前抵达

好美哟
层峦叠嶂　奇峰险峻
是昨晚仙女尽情的泼墨吗
把你渲染得五彩斑斓
纵然有妙笔神功
也难描绘你奇异的秀美

道茶

难以拒绝你的诱惑
是生长在这奇峰险峻的山顶　幽谷
还是每天沐浴仙风雨露

是你翠绿的　舒展起舞的叶片
飘散　氤氲的清香
还是你真的与道合二为一

索性停下来　醉一回吧
什么人间富贵　利禄功名
让蕴含天地精华的山水
与道茶融为一体
荡涤我尘世的物欲与纷争吧

索道

再怎么恐高　惊险
也要坐上一回
闭上眼睛
屏住呼吸
让旖旎的美景留驻心里吧
也不枉来山上一日

干脆抛开一切
就当自己是个逍遥的神仙
在云山雾罩的山中欲飞欲飘
闭眼只是一瞬
而睁眼却是经年

金顶

你居高临下　傲然挺立山顶
我无法企及地仰望
我惧怕
我羸弱的身体
能缩短你我之间的距离吗

不浓不淡的时光
在拥挤不堪的人流中消失
也在我忐忑不安的心间流走
唉　我背负的太多太多
连同这湿漉漉的空气

终于到达山顶
那一刻
仿佛卸下了世间的一切
获得了最初的愉悦和轻松

而此时　我才明白
道何须要问呢
法及自然
自在心中

纠结

——日本旅游之感慨

陌生又揪心的地方
辽远广阔中的弹丸之地
当双脚踏上这片土地
信念开始摇摆

记忆的片段
被异国的海风吹没
没有血腥与杀戮
没有想象的恐怖与狰狞
洁净的天空下祥和安宁
鸟儿飞翔　虫儿歌唱
清澈的河水欢快地流淌
妩媚的樱花尽情地绽放

这里资源匮乏却富有
这里灾害频发却美丽
看不到重创的痕迹和慌乱

从容　优雅　小巧　精致
恰似小家碧玉
镶嵌在亚洲东岸的太平洋上

现实与印象背离
感情再一次走入误区
我甚至开始怀疑
这是沾满鲜血的异邦吗
而此时的我
却深深地感受到做人的尊贵
一个普通人的尊严和高贵

不是在为他人唱赞歌
也不是丢失了民族
更不是背弃了祖国
此时　我的祖国
依然像母亲一样在我的心中
被我深情地爱恋

海风依然在吹
湿润咸涩的风
从我畅然的心间穿过
此刻　我不曾想到
在这人间芬芳的四月天

我竟然感到寒冷而颤抖

一股隐隐的疼痛

悄然生起

眼前一片模糊

西九华山(组诗)

上山

山路九曲十八弯
曲径通幽处
心事
在草木丰盈间消瘦
喧嚣远了　江湖远了
而我
只是一个散神仙
快乐地欲飞欲仙

妙高寺

我眼里的妙高寺很高
高得我无法企及
再怎么努力也难以抵达

尤其是灵魂
其实
妙高寺就是一把茶壶
里面煎熬着我的前世今生

民俗文化村

一道竹篱围起的院墙
简约　朴素　唯美
这里将有一场诗歌盛宴
我有幸在此
与你们相识

那一刻　诗歌的芬芳开启了
我早已尘封的文字
那一刻　文化村浓浓的民俗味
静静地在我浮躁的心间流淌

蛐声嘹亮

哗众取宠
喧宾夺主
肆无忌惮
这么说你一点都不过分

万物俱寂　只有你这么率性

你叫得太张扬了
可我分明
在你无拘无束的叫声里
听到了陶渊明的《归园田居》

长江河漂流

七月　固始县　陈淋子　西九华山
我遇到一场爱情
情人就是长江河
这是一场全新的爱情
从惊险到惊喜

原以为
日子就这么平淡下去
记忆已被流逝的岁月封存
水湍处
我竟然将童年的琴弦抚起
溅起的浪花定格了年少的欢乐

在碰撞与沉浮中
一叶皮划艇让我享受了爱情

青山为证　天空飞翔的鸟儿为证
融入河水所获得的最真的幸福

湿身又何妨
索性沉入水底　再彻底些
让纯净的河水
荡涤尘世的物欲与纷争吧
除了爱情

胶东半岛之旅(组诗)

海边碎语

海风再起
心事随浪花飞溅
婉转成一阕小令
过往迷离

异域的风温润地轻抚脸庞
平仄乱了韵脚
爱情沦陷
思念成殇

记忆被波涛颠覆
今夕是何夕?

一步之遥

其实
咬咬牙是可以到达顶峰的
就差那么一步
遗憾
就留给了终生

坚持
哪怕一点点
为何　我选择了放弃

人生亦如此
一步之遥　便是
天上　人间

落差

因为泰山　我对你心存敬畏
因为孔子　我对你心怀敬仰
因为蓬莱　我对你心生羡慕
太多太多的因为……

所有的因为
被穿成一串美好
牵引着我
一路向北　向东
向着胶东半岛

想象与现实背离
如娇嫩的花蕊被骤雨击落
在一种失望的情绪里
我陷入了更大的
落差

今夜，海上无眠

枕着波涛
看明月与潮水共融
听浪花欢歌入梦
那是
年少的梦想

今夜
七月之夜
梦想成真

没有幻想的景象
只有船与海水撞击的白浪
敲击我的心房
今夜无眠

心绪随浪花飞扬
意念山长水阔
真的是心无羁绊的浪子
任由我的灵魂浪迹天涯
其实
我只是个孤独的行者
被暗沉的夜色　紧紧包裹

什么也看不到
一些美丽在渐渐褪色
睁眼　夜色迷蒙
闭眼　涛声依旧

2012年7月23日与女儿一起游青岛、蓬莱、威海、大连等地。沿途所观、所感、所想用寥寥数语记之,权作纪念。

方向

我必须调整好心态
把自己想象成一个闲适的人
或者是一个挑战极速的人
享受高速路上练车的快感

这是个风雨飘摇的下午
黑云填满了天空
树木以及道旁的路标
在一条睁眼　闭眼都熟悉的高速路上
我竟然迷失了方向

那一刻　恐慌爬满了经络
仿佛有魔咒
那难以挣脱的捆绑
把我陷在了那里
形单影只

此时　没有了退路
我似乎感到
人生的轨迹
也在偏离
但我只能选择向前

向前
依然向前
我坚信
下一个出口就是
我前行的正确方向
此刻
一缕阳光正温暖地穿过心间

愿时光静止

在这里　卸下行囊
北方的寒冷
以及
落满尘埃的心

把快乐写满沙滩
让幸福沿着长长的海岸线
唱蓝色的咏叹调

天空蔚蓝
你的脸上洒满金光
洒落的笑声随浪花起舞

让我们洗净尘世的纷扰吧
愿时光静止　在
这美妙的时刻

听海

静静聆听
浪花的细语欢歌
像甘甜的椰汁
流进我暖暖的心窝

年少的梦　在沙滩
在飘香的椰林
在沉醉的心海
荡漾

赤足奔跑着
稚嫩的理想
丈量生命的痕迹
一串串　或深或浅

涛声依旧　礁石留痕
或许　该遗忘吧

那些 岁月沉淀的

人生印记

驿城访春(组诗)

向北

是一阵风　一缕香
还是你至真的殷情与厚意
串起的四月芬芳
牵引着我向北
一路向北

一路春光荡漾
此时
请允许我绽放所有的思念
在幸福中想象　与春天的约会
还有我流光溢彩的爱情

折断的兰花

默默吐露迷人芬芳
是无法隐藏的孤傲和高洁
静静地穿透我的身体
在深夜
缤纷我的梦境

君子之交如兰
所以
在这样春光摇曳的四月
在你
含苞欲放的美好时节
怀揣忆念送于我
淡淡的君子

你静静地坐在我的身旁
跟随我　风尘仆仆
而我
那样期待你绽放的声音
最后一次渗透我的灵魂

我竟这样不小心

目睹你折断的模样
我捂着心痛
任由绝望的泪水狂奔

我无法拒绝那一份伤感　以及
不能释怀的心愿
面对你无声的哭泣
我终于明白
孤独就是你的宿命

你不属于任何人
而我
只能怀抱美好的爱情
用卑微的灵魂
紧紧握于纹路清晰的掌心

郁金香花开

站在你的面前
风正无声地从我面前穿过
你　摇曳多姿
我　眼花缭乱

你怎么可以这样

这样
肆无忌惮地盛开
此时
请原谅我在这个春天
爱上这俗世的花朵

每一朵花的微笑
都让我神魂颠倒
这是无法拒绝的诱惑
而我
只能任由我炽热的情感放纵

我不知道
该用什么方式爱你
激情和浪漫正浓
世间万物无存
唯有燃烧的花朵放射的光芒

温泉小镇

我无法逃避尘世的纷扰
走进这里
我仿佛
远离了江湖

满目苍翠　姹紫嫣红
喧嚣远了　烦忧远了
清风正干净地从我眼前吹过

这是一个诗意的开始
浅吟低唱
风雅和文墨错落有致

无法用文字描述
我所享受的快乐和滋养
隐藏的诗句也蠢蠢欲动

与时间有关的记忆被唤醒
岁月静好　因为有你
而此时
文字落荒而逃

就让我彻底地隐逸于此吧
忘了归期
忘了来时路

嵖岈山

是造物主的恩赐
还是鬼斧神工
让人间有了这朵奇葩

伴着四月明媚的阳光
在对你痴痴地凝望中
诗句丢了平仄　乱了韵脚

无法对这里的山石　苍翠
以及清澈的湖水诉说
感动在缓缓舒展的思绪里氤氲

在充满传奇的幻影中行走
那些若明若暗的神话
注定是我心中的守望

就让快门定格瞬间的美好
此时
好想用禅意的语言
表达我出尘的心境

在这美妙的时刻

不经意间
我误入你的城池
是冥冥之中的安排
抑或你前世的期许

其实　红尘之中
你一直都在缘分的路口
我跨万水千山
只为你
痴痴地等候

与你相遇的刹那
我竟神魂颠倒
仿佛坠入虚幻的世界
忘了今夕何夕

只愿此生沉醉

人生何求啊
感谢上苍
与你在俗世相遇
让我长醉不醒吧
在这美妙的时刻

六月一日上午，雨后初晴。蓝天白云，空气清新、纯净，纤尘不染。在离开美国CODY去机场的路上，偶遇一个湖泊，因时间充裕，我们一行几人便短暂停留。热情的美国人竟然不收我们的门票，还让把车停在湖边公园，真是心情倍爽。进了公园，一入湖边沙滩，我立刻被眼前的景色所震撼。只见水天一色，蓝天、白云、山峦倒映在平静的湖面，远处青山如黛，虚幻缥缈、若隐若现，真是美到了极致。那一刻，我仿佛误入一个童话的世界；那一刻，我只愿时光静止；那一刻，我唯愿长醉不醒……

丽江之夜

出发之前
心已抵达古城
一切是我喜欢的模样
幽深的小巷
古朴的青石板
爬满绿藤的小木楼

这是个丰收的季节
果实挂满了枝头
小木屋盛满了远古的温情
酒吧　歌吧的缠绵一浪高过一浪
窗外的茶马古道奔跑着追赶幸福的马帮

果真是我想象的景象
感动在丽江的夜空蔓延
幸福溢满了酒杯
一杯　两杯　三五杯
…………

天地晕眩　骤然飘起了小雨
一丝伤感猛然袭来
难以掩饰的孤独和空寂
似一把利剑　刺破了丽江的夜空
那一刻　我竟然
情不由己　泪流满面

是什么让我如此伤怀
我躲在诗歌的背后找寻
这不合时宜的秋雨
无意触痛我敏感的神经

灵魂之塔啊
在八月的丽江
那个飘着丝丝小雨的夜晚
轰然倒塌
支离破碎

香格里拉的凌晨

香格里拉
“我心中的日月”
这么富有诗意的名字
仿佛有魔咒
把我推进疼痛的深渊

这是香格里拉的凌晨
高原稀薄的空气像一只无形的手
拽着我一步步往下沉
梦中的我感到死亡的逼近
绝望的喘息有气无力
那一刻
疼痛成了无法抹掉的记忆

夜的上空飘动五彩的经幡
散发诱人的悲哀和快意
在这佛光普照的香格里拉

我反复默念六字真言
祈求万能的神灵庇佑
度我于万劫不复之地

难以忍受的疼痛从身体渗出
无法抑制的眼泪在黑暗中飞翔
此刻　新生的绝望又将我推入深渊
香格里拉的凌晨啊
粉碎了我与普达措的约会
更断了我今生的念想

去西藏
去布达拉宫
寻找心中的净土
灵魂的圣地

香格里拉的藏民餐馆

这是一家地道的藏民餐馆
简陋得如同一幅工笔画
原始得不加任何粉饰
就像它朴素的主人

此时
无声　亦无语
滞留在脑海的梦魇
被门外淅沥的雨声卷走
只留下
寡言的店老板浅浅的欢喜

铜锅里的牦牛肉沸腾着
青稞酒的清香在空气中弥漫
冒着热气的酥油茶散发着诱惑
远处的格桑花正摇曳多姿

这才是我喜欢的高原
这才是高原的味道
快乐绽放在你的眉梢
美丽的香格里拉啊祥云飘飘

疼痛归还给疼痛
幸福叠加着幸福
梦一般的欣喜在沉寂的血管醒来
每一次的颤动竟是那样神魂颠倒

午后的山坡

众人喝彩　欢呼
为这午后的阳光
透过斑驳的树叶
洒落一地的嫣红和金黄

初冬的风是轻柔的
满地的落叶随清风起舞
我的脚步轻轻
轻轻

是怕踩疼了落叶
抑或静听生命的勃发
在这斑斓的色彩里
在一个叫土主岭的山坡上
面对一棵流金的银杏树
面对一棵红艳的秋枫
为这不曾错过的美丽
我竟然泪流满面

平君，今夜很冷

平君
今夜很冷
我想起了八月的香格里拉
那个没有星星　没有月光的晚上
海拔三千三百米的高原之巅
夜色苍茫

眼泪模糊了一切
疼痛是我唯一的记忆
今夜　寒风肆虐
我想起了你那晚的焦急不安
想起了你陪我度过的不眠之夜

平君
今夜很冷
可八月的香格里拉之夜更冷
…………

醉在云山(组诗)

桂歌

当身体变成一个黑洞
当眼睛看不清色彩
所有的迷茫汇成一个隐秘的喑哑
希望是一条看不见的丝线
信念成了空中飘动的云

这个时候
一首经典老歌在云中响起
我不知道你是施了怎样的魔法
托住了我摇摇欲坠的身体
让我在无望的沦陷中复活

或许
你是我一生的食粮

喂养我的寂寞　我的空虚　我的灵魂
就像此时
当冷风席卷大地的时候
阳光露出了笑脸

梅花湖

没有哪座湖泊
像梅花湖一样清澈明亮
我吐出欲望的气息
身体的毒素和俗念
我害怕她照见我的内心

为了不再仰视的湖水
也为能配得上她的纯净
我愿意在这冷风瑟瑟中
或洗刷自己
或淹没尘埃

醉在云山

当太阳金色的吻落在云山
云山醒了
云山的茶醒了

那沉睡已久的山茶
突然间就开出了惊世的花朵

我迷醉于这纯洁的安静
胜过白雪　胜过月光
胜过欲待分娩的诗歌
胜过流光溢彩的青春

放眼绵延起伏的层层茶树
如锦缎般光滑的碧绿啊
心甘情愿为你舒展
成为你一首小令的韵脚

而我也愿意　在这个冬日
袒露自己　掏心掏肺
让你住进我的身体
生根
发芽
开花
结果

一棵枫树劫持了我的爱情

这突如其来的红

猛然击中我的命脉
我惊叹
那团灿然的红
就在我的头顶燃烧
不！在我的身体燃烧

这个冬日的上午
凋敝的草木以及大地深处的虫鸣
在明媚的阳光下
悄悄退隐
万籁俱静
只剩下
我与枫树撞击的心跳

那一刻
枫树的火焰
将我炙烤得沸腾
那一刻
我无法拒绝
我倾心对它的迷恋
我惊喜世间的美好让我重生

磨云山的汉潢古道上
一棵枫树劫持了我的爱情

辑四　铺陈

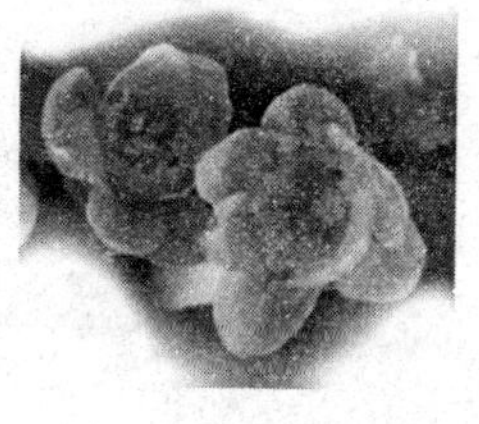

此生的快乐不是生命本身的，而是我们向更高生活境界上升前的恐惧；此生的痛苦不是生命本身的，而是那种恐惧引起我们的自我折磨。

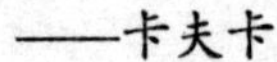

——卡夫卡

暖房的花

她从温暖的世界
来到我家
我把她放在最显眼的地方
供来客欣赏

这是一盆
盛开的紫色蝴蝶兰
那娇美的花蕊　亭亭的身姿
让其他花儿
低眉含羞

每当客人来访
都会惊叹她的美艳
会不吝言辞地大声赞美
这时　她总会把头抬得更高

集万千宠爱于一身的蝴蝶兰啊

不可一世地张扬着美丽
那些可怜的花儿
忧伤地低到尘埃

几天过去了
蝴蝶兰开始枯萎　凋谢
在难以适应的环境里
低下了高傲的头

而此时
那些被打入冷宫的花儿
正郁郁葱葱
竞相绽放

迷失了自己

皓月当空
洒落一地的银辉
迷乱了疯长的思绪

心跌进了幽谷
四周漆黑一片
任凭怎样挣扎
也找不到宣泄的出口

窒息　迷惘　甚至绝望
刹那间
我迷失了自己
飘浮不定的心哟
一会儿云层
一会儿
地狱

无声　冷寂

身体越来越轻

被掏空的心啊

似一叶飘摇的小舟

迷失在

这满月的夜晚

夜难眠

夜露着狰狞的面孔
我左手握拳　右手护胸
可灵魂还是游离了躯体
在魆黑的舞台独舞　狂欢

思绪张牙舞爪
舞步错乱无序

今晚
在无人喝彩的舞台
孤独表演着孤独
却
收不了场

而此时
一盏灯已将夜幕拉开
那疯长的思绪

却久久不愿

卸妆

早晨从晚上开始

就像昼伏夜出的蝙蝠
人们工作的时候
她们沉睡
人们沉睡的时候
她们却异常地清醒
这个时间正好是晚上十点
紧张忙碌的工作开始了

喂,有时间吗?来捧个场!
妈的,这几天手特背
脱了好几万呢,没子弹了
有吗?借点?什么?没有?
不够意思啊,忘了我救你的时候了
算了,别指望落水的时候我拉你
…………
啪　挂断了电话
这就是她们每天工作之前的开场白

这是一群三十五岁左右
有孩子没丈夫陪伴的女人
个个身材苗条　面容姣好
衣着时尚新奇
脸上涂抹着厚厚的粉底
五颜六色的指甲泛着森森的光
打电话的时候
手指还夹着烟
偶尔从嘴里喷出烟圈
潇洒极了

她们的工作具有很高的保密性
地点也不固定
经常是打一枪挪一地儿
像游击战
人手凑齐的时候就开始
多数时候是男女混战
犹如战场
杀气腾腾
面部因紧绷而扭曲

其实她们也不容易
工作场所密不透风　烟雾缭绕

眼睛被熏得血红
年轻的面容及清亮的眼睛
在日复一日的烟雾熏染中
暗黄　无光
高兴时　沮丧时
歇斯底里是她们发泄的唯一方式
有时她们会输得精光
这个时候身体是最大的赌注

在别人的眼里　她们很快乐
经常喝酒唱歌
偶尔有孩子在身边哭闹
就慷慨地抽张百元大钞
看都不看扔给孩子
这时　孩子会立即乐颠颠地走开

一天　我送孩子去学校早读
见她们无精打采地走在街上
她们神情疲倦　憔悴不堪
这时　天空刚刚泛白

转身向阳

此时　阴霾笼罩
心在谷底浮沉
尘世的诱惑啊
让人难禁的欲望
有谁能把你舍弃

那些刺眼的光环
在世俗的海底触礁
所有的荣耀
被击得粉碎

一生的坦然和从容
被物欲纠缠
摇摆不定
此刻　只有放弃
才能把人性的弱点照亮

既然如此
那就转身向阳
让身后那一泓碧水
把我蒙尘的心照亮

一滴泪

在黑白世界的行云流水中
我把自己化作一滴泪
滴在彩色的音符上
幻想在千年的旧梦中蹁跹

它
时而波涛汹涌
时而静若处子
时而如鲜花般绽放
时而冷酷似冰

千年之后
我不小心一低头
这滴泪碎了
不是因为感动
也不是因为幸福
却是因为落寞后的
感伤

纷乱的思绪

（一）

我是一个浪迹天涯的孤子
不期而遇你生命的花期
你顾盼的眼眸
似惊鸿一瞥
把我的灵魂照亮

我把孤独停泊在
你心灵的港湾
哪怕我漂泊天涯
也总有你殷勤地牵挂

今生　我注定走不出
你为我编织的世界
纵然荆棘丛生前路茫茫
我依然奋不顾身

心甘情愿

（二）

一首诗在我心里埋藏很久
上个世纪就开始了
多么漫长的等待
今天
我想敞开心扉
你却说要走了
去遥远的北方

你的远行让我觉得寒冷
思绪也开始肆意地蔓延
美好的诗句瞬间遗忘
搜遍了记忆却不知写的什么

整个下午我神思恍惚
那首埋藏已久的诗
被我
反复找寻　拼凑
脑海一片空白
哦　这首诗在你远行的刹那
随着你模糊的背影遗失

心若灿阳

黑暗中
我摸索着前行
路隐没于红尘
那些鲜亮的往事
遗失的青春　愿望
在此时
把我的心撕扯
左手挥赶疼痛
右手意欲挽留

指尖的岁月悄悄滑落
生命的历程
何时画上完美的句号
平淡的日子
会彩虹再现吗

黑幕重重

我仍艰难地彳亍
在没有路的暗夜
寻找希望的出口

突然
一颗耀眼的星星
擦亮了幽暗的夜空
我心若灿阳
青春的脚步也渐行渐近
那些曾经美丽的风景
正悄然在我的心头
绽放

独舞的灵魂

低沉哀怨的旋律
在这个魆黑的夜晚
一遍又一遍将我裹缠
一切都消失殆尽
只有灵魂
踩着孤独的脚步
与我共舞

舞步越发散乱
灵魂渐行渐远
失去重心的躯壳
晃晃悠悠
摇摆不定

再一次
我
坠入了更深的深渊

原想在今夜
让灵魂邂逅一场爱情
与多彩的文字恋爱
可苍白的文字
却燃不起灿烂的火花
无奈
灵魂依然舞着
难以卸下的
孤独

以死亡的名义告别过去

从今天开始
我要把自己遗忘
哪怕以死亡的名义
同自己的过去告别

我要穿上鲜艳的衣服
把自己打扮得靓丽
走出阴郁的世界
与阳光共舞

我要虔诚地面朝黄土
紧贴她的胸膛
聆听庄稼拔节的声音
再深情地把她拥抱

我要热情地亲近自然
关注生态　环境

还有医疗和健康
心系人们的疾苦和喜乐

我要面带微笑
以全新的姿态
跟春花　夏雨　秋月　冬雪
好好地谈场恋爱

从今天开始
我一定会把自己遗忘
以死亡的名义
同自己的过去告别

邂逅

是不期而遇
还是你默默地等待
也许　冥冥之中
我们相互期许吧

寻你　只为抖落尘埃
将俗世的喧嚣
浮躁的心灵
在你洁净的世界
让灵魂与你相拥

真的是一片净土
那些物欲的纷争
在此时被荡涤得
干干净净
你的美
让我在今生沉醉

痴人痴语

黛玉

我是一棵濒临死亡的小草
幸蒙你细心地浇灌
为报你滴水的恩情
我倾尽一生的眼泪

我本是绛珠仙子
为那木石前盟的约定
我来到混沌的人间
无意世情的冷暖
寄人篱下
尝遍了酸辛

我是个多愁多病的身
怎经得起风刀霜剑的摧残

为质本洁来还洁去的风骨
为做你美丽的新娘
我把自己写进了葬花吟

我用泪水写就的诗行
都是对你深情的倾诉
可你
辜负了我一往情深的痴恋

你以死相告的誓言
冰释了我心中的烦忧
这混沌的尘世
难得有你骨骼清奇之流
做我惺惺相惜的知音
这浊臭的人间
难得有相托的知己

说什么金玉良缘命里定
我偏信木石前盟来生缘
既然人间难容我冰清玉洁身
逼我魂飞魄散离恨天
我依然情有独钟心相许
叹只叹我和你今生难把情缘了
不如来生世外桃源再把连理接

宝玉

我和你邂逅于世外桃源
你纤纤柔弱的花容
让我的心海荡漾
你翩若惊鸿的姿态
唤醒了我朦胧的爱情
娉婷袅娜的你
是我今生的唯一
万紫千红无颜色

什么君臣　父子
都是欺世盗名的假象
什么仕途经济耀门庭
终将是盛宴必散
飞鸟各投林
这混沌的尘世　浊臭的人
我只悦你清爽的容

我冰清玉洁的林妹妹啊
你孤标傲世的风骨
怎禁得起风刀的严逼
我的林妹妹啊

你超凡脱俗的气质
怎禁得起霜剑的摧残
我蕙质兰心的林妹妹啊
你的才情
怎会不被残酷的现实淹没

为什么要来这纷扰的人间
我已被恶俗的尘世
纠缠得遍体鳞伤
我纯洁无瑕的林妹妹啊
你倾心抛洒的盈盈粉泪
终洗不净我满身的浊臭
我与众不同的林妹妹啊
怎么会不黯然神伤

说什么金玉良缘三生定
到头来却只是
悲金悼玉的离魂曲
只可怜我痴心不改的林妹妹
抱恨魂飞情难归

这一片白茫茫大地真干净
我要把浊流俗身清
怎能忘木石前盟之约定

天上人间续情缘
魂牵梦萦的林妹妹啊
让我们再把旷世的恋歌唱
谱一曲感天动地的爱情曲
唱一遍千古唯一的红楼梦

大写的人

——写给羚锐人

无意中
我走入了一场盛宴
当华美的帷幕落下
我的心却留在了舞台
久久不肯离场

在时间的长河中
在那些栉风沐雨的岁月里
从开始到现在
你走过了怎样的历程

或许　我只看到了你光鲜的外表
你凝满灿烂的笑容
可你内心的苦楚
又有几人能知

25.8 万与 10 个亿

这不是一个相同的概念
犹如一粒微尘融入了大海
可你却让两者有了相同的含义

这不是传说
你演绎了传说
这不是神奇
你创造了神奇

你用满腔的赤诚
浇灌家乡焦渴的土地
你硬是让那一方贫瘠的土地啊
熠熠生辉

你是一个平凡的人
一个普普通通的人
一个挺着脊梁站立的人
一个大写的人

与你无关

不要在我的文字中流连
那里没有你想看的风景
你自作多情的遐想
害你太深

我文字的颜色
是对我付出的报答
艳丽也好
苍白也好
与你无关

不朽的爱情

年轻的时候
不懂爱情
那些青涩的锋芒
把待萌芽的感情
扼杀在无知觉的状态

中年的时候
想好好地谈场恋爱
可生活的重负
让蠢蠢欲动的激情
浸泡在琐碎的日子里

老年的时候
膝前承欢的小鸟相继飞走
平淡的日子愈发淡漠
感情这个奢侈的东西
似乎从未光顾他们

就这样
爱情的佳酿他们从未品尝
如今　除了病魔的纠缠
在空旷的屋子里
只有四目相视的无奈

年轻时她好强　刚烈
没有享受过丈夫的照顾
哪怕一丁点的体贴和关心
她的青春和感情
无怨无悔地给了孩子和家庭

如今　她拖着年老衰弱的身体
依然要服侍这个没有给过她
温暖的男人
其实　命运早已做了安排
他要先于她离去
这个一生唯我独尊的丈夫
竟然在以后不多的日子里
让她有了感动的慰藉

一辈子
他们就这么平淡地走过

一个爱字从未出口
一个温柔的眼神也没有
可在他闭眼的刹那
好端端的她却选择了
如影相随
不离不弃

有感于一对老人的相继离世。

生死契约

卖身契
这个旧时代的产物
在今天依然出现
出现在
倡导和谐文明的时代

这是一份令人揪心的契约
便宜得几乎没有价值
一个生命　六千元
抵不上一桌酒席
抵不上赌客的一个筹码
抵不上嫖客的一夜纵欢
六千元　就这么廉价地卖了
卖给了挥金如土的煤老板

我可怜可悲的农民兄弟啊
这广袤的土地

难道没有你生存的地方
为什么要把自己放置在
无边的黑夜
让希望在黑夜里破灭
微弱的矿灯是你唯一的光明

一堆堆黑得发亮的煤砟
把那些个矿主
养得脑满肠肥
可你依然饥肠辘辘
面对一双双期盼的眼睛啊
你的腰弯得更深

我苦难深重的农民兄弟啊
在那深不见底的黑暗里
万一　那微弱的灯光熄灭
你可怜的希望又在哪里找寻
你如何面对亲人期盼的目光

命价六千元
让我的心再一次走进了黑夜
走进了人间地狱
那黑森森的煤砟
仿佛煤老板贪婪的心

渗透了矿工的血

我突然明白
煤在燃烧的时候
为什么会有红色的火焰
为什么会有嘶嘶的声音
那可是矿难者的鲜血
和呻吟

我的心再一次颤抖
为了廉价的卖身契
为那些矿难的兄弟
我不明白　为什么
当我们的上空飘荡着
美妙旋律的时候
为什么总有不和谐的音符
响起

在一本书上,我看到了这样一段话:"本人愿意到某某煤矿打工,万一发生意外,同意命价六千元。"这是一份矿工与矿主签订的生死契约。看到这份契约我流泪了,瞬间,我仿佛走进了人间地狱,它让我的肉体和灵魂颤抖不已。

当信念遭遇冷漠

你痴心不改的信念
终将被冷漠封冻
至美的理想
原来却是一座
千年不化的冰山

还会坚守吗
你的信心开始摇摆
或许
在你转身的刹那
便是冰山融化之时

假如

假如我有翅膀
绝不做低回绕梁的燕雀

假如我能潜水
绝不做浅塘的青蛙

假如我是男人
一定仗剑行侠　驰骋疆场

假如我是女人
一定刚柔兼得　妩媚风情

假如我现在年轻
一定快乐地享受爱情

假如我的生命倒退十年
一定好好地重新来过

假如我现在有钱
我却不知拿它做什么

假如我不再假如
我该做些什么

致雪莱

歌唱着飞翔　飞翔着歌唱
那美妙的音律直上云霄
又复回大地
吟诵
云雀　欢乐的精灵
是诗人唱响了你
还是你让诗人的名字流芳
一个又一个世纪
全世界的人都沉醉在
你婉转的歌喉

平等　自由　正义
为理想无私奉献
正直　诚实　善良
使人性闪耀光辉
这是一曲爱的悲歌
你的文字因爱而流光溢彩

那一首首优美的诗篇
如天籁之音
让所有的人
侧耳倾听

冬天来了　春天还会远吗
你把希望种植在冬天
如黑夜看到了光明
似严冬感受了温暖
让绝望的人看到了希望
诗是你的生命
而你的生命更充满着诗韵

只可惜
三十岁
多么年轻的生命
不可多得的天才　诗人
因为一次覆船就这样走了
永远留在了罗马的新教徒墓地
是意外　还是天妒英才
抑或是
这混浊无情的人世
容不得你傲世的风骨

也好　你再不会
为大众的悲苦流泪
为人类的解放奔波
为世俗的诽谤　嫉妒而痛苦
为美好的爱情　遍体鳞伤
安息吧　天才的诗人

骄傲吧　伟大的诗人
你的灵魂　在漫长的年岁
飞翔在天庭　把爱的甘露泼洒
你短暂的生命
化作了永恒的诗篇
在将近两个世纪后
依然传唱　经久不衰

秋祭

你是秋季最后的守望者
独站枝头　迎风傲立
以俯视的姿态
看落叶缤纷

秋色以她的重彩
把你渲染
你用炽热的情怀
回报这一季的馈赠

我以无法企及的高度
把你仰望
渺小的我无法猜测
你执着的丹心寄予谁知

急促的风呼啸吹过
卷走了树上最后的

一片树叶

这棵树长在我每次散步
必经的路旁
一棵不知名的树

秋天把她最后的一抹诗意
留给了这片树叶
让她尽享了一季的缤纷

多少次　仰望这片树叶
我会有一股莫名的悸动
为她的坚守与孤独

如今　看到这光秃秃的枝干
我的心竟然有些痛楚
冬天真的来了

文字

这么些年了
我简直是个色盲
除了白天和黑夜
我看不到世界的色彩

然而
面对你
我总会把斑斓的心铺展
你就像我生命中燃烧的火焰
将我炙烤得沸腾

我可以卸下面具
不必矜持　不用做作
甚至可以把灵魂裸露
狠狠地剖析自己

是你让我掩藏不住真实

这或许会招来无端的非议
可我仍要感谢你
赐予我的真实和愉悦

你给了我太多的美妙
给了我开启心智的钥匙
依然是你
在我每次跌倒的刹那
总会用温情的手把我托住

你知道　为了你
我会无视别人猜忌的眼神
你依然是我最心爱的朋友
永远的情人

这么些年了
你始终如当初的模样
而我为你
早已消逝了红颜

早开的梅与迟来的雪

于凛凛寒风中
我痴痴地守望
期待我俩的相逢
演绎人间最美的爱情

你姗姗来迟
是背弃了约定
还是迷恋沿途的风景
你不属于过往的缤纷

你知道
我等得心都碎了
我盛开的心瓣已经凋零
我的容颜已在等待中泛黄

今生你已错过了
我灿烂的花期

来生吧
我依然会用明媚的姿容
等你为我披上洁白的婚纱

冬季最美的,莫过于梅花绽放的时候有雪花相拥,可我院子里的那棵蜡梅最终没有等到雪花而早早开放、凋零。看到她静静地、孤独地开花,那应有的美丽因少了白雪的滋润而有些缺失,我的心竟然有些遗憾和伤感,故作此诗以纪念早谢的梅。

期待复苏

这个季节
连太阳都不敢出来
我的语言也结冰了
说不出温暖的话

浪漫的雪花
也不能让我的思绪飘飞
我的身体随灵魂
一起冬眠

我知道
春天已经不远
可我惧怕
沉寂的灵魂
等不到
春天的复苏

走不出的自我

我的精神一片混乱
索性闭上眼睛
把阳光
拒绝在窗外

目光随光线移动
在季节之内
搜寻季节以外
一些生动的往事历历
还有那欲待返青的岁月
瞬间在沉寂的心海鲜活

思考却让我的世界
黑白颠倒
夜晚我做着白天的梦
白天我却走进了暗夜
脱壳的灵魂总想有安定的居所

无奈总是漫无目标
飘来荡去

干脆把自己交与倾心的纸笔吧
可还是写不出完整的我
这时　我又陷进了一首歌里
在跌宕起伏的旋律中
始终走不出歌的结尾

岁末与岁首(组诗)

流逝

忽然之间
2010 就这样
迅疾而逝
似乎在昨天
我才伸出　慵懒的手
幻想用描白的笔
留住七彩的光
可我不得不叹息
这流水一样的光阴啊
一去不返

我用三百六十五天的努力
种上了一季的庄稼
那零星的几粒果实

却在最后的几天
经不起风霜的吹打
纷纷坠落

肯德基

总以为在这个夜晚
有美酒和烛光
那温馨　迷离的氛围
我们会陶醉在三人的世界

而此时　我却坐在喧闹异常的地方
看兴高采烈的女儿
还有她的同学
津津有味地吃着洋垃圾
她们快乐　惬意的神情
已把我的胃填满

咖啡厅

我揪住年岁的尾巴
试图挽留些什么
可我却在典雅的咖啡厅
听着浪漫的钢琴曲

和不相干的人
说着柴米油盐的话

对面那人的嘴一张一合
吐出的音符却是那么蹩脚
我故作不雅地搅动杯中的咖啡
看着慢慢飘散的雾气
突然觉得很滑稽
我落荒而逃

商场

说好了今天你送我礼物
这份礼物可以验证
我们二十年相守的爱情
可我不知道　还能有什么
可以挽留二十年的岁月

我眼花缭乱
在琳琅满目间独自穿行
不是为了寻觅心仪的物品
却是为了等看电影还未散场的女儿
给自己找一个可以落脚的地方

我有些愧对售货员热情的笑脸
看我这样来来回回地转悠
误以为我是很大的买主
殊不知
我连看客都不是
却在无情地挥霍着时光

回家以后

新旧交替的时刻
我和女儿回到了家
女儿兴致未减
我却已经睡眼蒙胧
总该留些什么吧
我有些恍惚

远处的几声炮仗
把你从我的梦里惊走
你的温情竟让我有些感动
就这样　在感动的时刻
2010 被轻轻地翻过

希望与寄托

这个时候　南方该是温暖的吧
想到此　我的心有暖流穿过
这崭新的一页我该写些什么
此时　思念如潮

明天会是怎样
我想　依然会如昨天
把希望种在我的文字里
让它结满真情的果实
甜透所有的人

不安之念

接你电话的时候
我的心正有阴风吹过
我故意放大我的快乐
可还是难掩感伤

你居然毫无察觉
依然在传递你的幸福
你的忧郁有些做作
你的骄傲有些张狂

我真的无法拒绝
为什么要演绎我的幸福
突然之间
我为自己高超的演技而
深感不安

梦

原以为
经年的梦早已沉寂
谁料想
在这个春雨绵绵的上午
当双脚再次踏上这片土地
那沉睡的梦想
在微风细雨的催生下
渐渐苏醒

那一瞬
我欣喜着
自己一直有梦
可渐行渐远的青春
又无情地撞击着我
复活的梦
再一次让我的心
隐隐作痛

还能有梦吗
我这样反复问自己
时间已把我推下了谷底
任凭我怎样挣扎
可现实与梦的纠缠
依然让我
无法逃遁

冲出梦的樊篱吧
何苦让梦的枷锁
把我深深地锁住
此刻　我突然明白
我所有的痛苦　只缘于
理想的梦始终迈不过
现实那道坎

心情散章

一

我竟这样赤足跑着
在布满荆棘的路上
脚底的血浸满崎岖的路
我仍义无反顾

是意念的驱使
还是对梦的执着
其实　滚滚红尘
早已褪去了梦的色彩
可为何我这般矢志不渝

二

我被一条蛇追赶着

于悬崖边
无路可逃

我绝望地闭眼
欲舍身跳崖
可我最终
折身回转

蛇扭动袅娜的身姿
绽放罂粟花般的笑容
甜言蜜语

我无法抗拒
扑向它温情的
陷阱

三

一双莫名的手
像是一位出色的乐师
不停地弹拨我的心弦

我不明白
为什么

乐师总是喜欢在晴天
将我心
弹拨得
阴雨绵绵

我的情绪
抑或我的命运
被乐师的手操纵

什么时候
我也可以
像那位乐师
把自己的心情　命运
牢牢地掌控

四

此刻
真想和你
举杯共月

借一袭温柔的光
轻吻我冰凉的唇
然后掬一捧真情给你

高山流水的唱吟
可引来知己的共鸣
翩舞着彩云追月

愿与我
超越今生
灵魂共舞吗

以这样的姿态热爱家园

小草探头
冲破坚硬的土
泥土的芳香氤氲飘散
绿色将希望根植在田野
书写一首首精美的诗词

你是一位豫南女子
一个贫穷的富人
沐浴着唐风宋雨
从平仄韵律中走来

小潢河的乳汁
滋养你青涩的华年
大别山的苍翠
丰盈你贫瘠的心灵

你感恩家乡的山水

你的行走总也离不开
那些山水的记忆
脚下这片红色的土地

水的清澈
是颤动惊喜的诗句
山的脊背
是灵魂仰望的风骨

你用锦缎般的心情
把家乡的山水珍藏
以这样的姿态
热爱家园

飘落的桃花

此时　斜阳渐落
微风像个舞者
摇曳着你的腰肢
一抹未褪尽的红晕
还努力地在枝头绽放

你尽情表演着
用最美的姿态
可纷纷坠落的花瓣
正无情地憔悴你的容颜
我的目光无法逃避

你凋落的声音
从我忐忑的心间穿过
这时
我仿佛走进了一首长诗
忧郁　落寞的长诗

而此时　天空落满了灰尘

黄昏的味道很浓
春天的脚步已走远
我依然守候在你的身旁
读你泛黄的文字
凋零的心

有你真好

难以想象
我苍白的文字
在你抑扬顿挫的吟诵中
竟然那么美
那一刻　我真的醉了

原以为
我的文字与别人无关
我的书写
那倾心的笔墨
是寂寞长夜的独白
是心灵的低语

可是　因为你
它充满了灵性和色彩
是你
让它有了生命的质感

你赋予文字的激情

竟让我深深感动

我庆幸　于浮躁间

有一泓清凉的碧水

在我的心头荡漾

那长长的留白处

有你

真好

与你共舞

这段日子
忐忑而又焦躁
我远离了诗歌
五月五飘香的艾叶
袅袅地把沉睡的诗歌唤醒

汨罗江畔
持一壶老酒
邀你与我共饮
是你吗
目光炯炯　长髯飘飘
从遥远的楚国
踏浪而来

今天　我们不仰首“问天”
也不吟诵《九章》《离骚》
忘却漫漫长路的求索

只谈风月

还有你倾情低诉的《橘颂》

愿岁并谢　与长友兮……

穿云而过

此时　让我做一回婵娟吧

在诗意氤氲的汨罗江畔

与你　翩翩起舞

吻殇

吻 是清泉 流莺 天上虹
是情感的表达
爱的释放

可那一场吻
撼天动地
它让时光静止
悲恸铭刻

那一场吻
从人间
到地狱

2011 年 7 月 23 日夜
D301 和 D3115
吻开了死亡的通道

殷红的鲜血
让无数的灵魂哭泣
那个炎热的季节
人心寒冷

从此
和谐不再和谐
科技与速度
让安宁离我们
越来越远

是进步还是倒退
我只愿　崭新的铁轨
不要让逝去的灵魂战栗
不是用人的身体铺就

那代价　太昂贵

谨以此献给甬温线上逝去的灵魂。

坚守

似一朵莲花在心头
悄然绽放了多年
那静美的姿态
淡雅的幽香
陶醉我
在每一个暗夜

我不曾孤独
梦
温暖芬芳
鱼鳞状的云也总在眼前
飘来荡去
我的心随白云悠悠

时间在色彩的涂抹中暗淡
盛开的莲花不知何时已
锈迹斑斑

梦被浊浪撞击得

摇摇晃晃

还能坚守吗

你的容颜

能留住岁月的缤纷吗

而我愿意倾尽一生

用心灵的圣水将你　浇灌

不再写诗

当太阳躲进云层
我的心不再晴朗
这阴云密布的夜晚
你会来吗

你终于没有辜负
我痴痴的等待
在穿云破雾的那一刻
用无尘的心
赴约

屏住呼吸　还有
这欢快的湖水
不要让轻漾的秋波
惊醒一地的相思

不是在梦里吧

为何我如此沉醉
在这无边的恬静里
除了你
一切　都成了虚无

今夜　你的美竟让我
骄傲的文字　无地自容
从此　你在的时候
我不再写诗

2011年10月11日晚，与几个文友相约香山湖畔赏月，谁料想阴云密布，却难见月亮踪影。原以为希望会成泡影，不承想晚八点左右，终于守得云开雾散，一轮圆月悬挂高空。

站在季节的末尾

站在季节的末尾
听雨声淅沥
看落叶凋零

在季节的末尾
那化不开的缕缕忧伤
在禅味淡淡的清音中
愈来愈浓

你的五彩斑斓呢
你的厚实丰美呢
在季节的末尾找寻你

满地黄花堆积
可是你报答我
几世轮回的守候吗

站在季节的末尾
任凭你凋零的心
把我灼伤

这岂不是一场
一场涅槃重生的美丽
而我又留下了什么

站在季节的末尾
满怀真情写诗
让诗歌放射的光芒
陪我走进雪花飘飞的冬天

与月全食书

是谁醉了你的容颜
让你如花似玉
倾国倾城
而我却
无缘一睹你的芳容
尽管我期盼了很久

我以爱情的名义
在红尘路上等你　等你
让我的思念消瘦
那溃不成行的诗句
爬满了心头

你果真动了凡心
降落尘世
以解我的相思吗

今夜

我只想走进远古的乐府

为你弹奏一曲

纵然它错乱无序

那也只是　为你倾心

等待已久的 2011 年 12 月 10 日夜晚的月全食,我却因有事而无缘一睹,心中实感遗憾,遂以此诗记之。

今夜我醉了

今夜我醉了
不是因为寂寞
也不是因为美酒
这是一次醉心的感动

今夜我醉了
是清朗的月光
映照在洁白的雪上
是和风拂面　幽香沁心
没有利益的驱使
没有物欲的纷争
那样的干净
纯粹和感动

这感动来源于　你
对诗歌的痴迷

对散文的倾心
对小说的热爱
对书法的执着
对山水的钟情
还有你　为文学艺术
默默地付出

今夜我醉了
清醒地沉醉在
一个寒风凛冽的冬夜
当音乐响起的时候
我紧紧握住掌心的温度
让它穿透我的脏腑
温暖我冰冷的诗歌

今夜我醉了

真实与虚无

我不知这世上还有什么是真实的
一切物质的　非物质的
还有我热爱的诗歌
仿佛一切都是虚无

我不敢承受太多
内心已被流俗挤满
但我还是无望地幻想
那是一种纯粹的乐园

也只是瞬间
我又陷入了真实与虚无
从日出到日落
黑暗来得如此迅猛
我无法拒绝光阴的流走

龙年之始我开始酝酿计划

想起辛卯年的愿望落空
天骤然飘起了伤感的小雨
我的心阴晴不定圆了又缺

身体的免疫力被降到极限
体内的那些毒素乘虚而入
我无力抵抗它们的侵袭
被迫成了俘虏

有些东西是可以治愈的
可灵魂的毒素怎么清除呢
思考让我的身体开始游移
在真实与虚无之中
开始摇摆

昨夜的一江春水

昨夜的一江春水
卷走了遗失的青春
记忆沉淀
唤不醒的迷失

今夜的月光照我
于时光倒流的路上
岁月沧桑
回不了的从前

回忆的旋涡起起落落
几经浮沉模糊了双眼

幸好　还有一身的温暖
融进柔柔的月光
否则　那冷漠的激情
何以书写遗忘的诗歌

山，那残缺的一角

褪色的夕阳睁着晦暗的眼睛
最后的一抹余光停留
山　那残缺的一角
裸露伤痕累累的胸膛
在夏日的晚风中低吟　哭泣

这本是小城最为亮丽的一角
如黛的青山倒映在清澈的河面
我曾经美丽的家园
静静地
被灵气的山水滋养

什么时候
当挖掘机的轰鸣声响起
贪婪啃噬得你遍体鳞伤
而你苦苦挣扎
依然以站立的姿态

颂扬小城的精神
最后的尊严

无法躲避
我的眼睛始终绕不开
山　那残缺的一角
余晖涂满了伤感
一种完美被残缺的断片掩埋
那是山的风骨　水的灵秀

但愿地下的灵魂安息

记忆，从一条河流开始

那时候
这条河比现在要宽
两岸是寂静的
没有霓虹灯的闪烁
挺拔的柳树是它坚贞的伴侣

那时候
河水流动的声音是欢快的
我的祖辈靠着它生息
河水漾起的歌声穿越我寂寞的童年
陪我走过单调的时光

那时候
工业文明的脚步缓慢
外面的精彩被挡在山外
小城一览无余
映照在清澈的河面

纯净　温婉是它最美的风姿

那时候
河两岸有宽敞的沙滩
我童年玩耍的唯一天堂
留下了奔跑的脚印
而我的内心也像那河水
一尘不染

如今　我再也听不到
河水流动的欢歌
变窄的河流有铁栏把守
那雕饰的模样
像满脸色斑年老的妇人
暗黄　浑浊　毫无生气

我爱恋至深的小潢河啊
你清澈的模样
真的只在记忆中

何时
你仍然可以用纯净　欢快的歌声
横穿我的身体
直达
灵魂深处

七月

曾经　我的七月流光溢彩
曾经　我的七月充满爱情

而今　这个七月
像被泼洒的墨汁覆盖了
黑沉沉的

我试图蘸着墨汁写诗
让墨的芳香唤醒夜的寂寥

我幻想用倾心的文字
让爱与月光交融

黑　无限地黑
沉　无尽地沉

还好　七月将尽

但我不知

这黑沉的日子

何时会了

霜降　夕阳

残阳如血

鱼鳞状的云朵守候在它的周围

用静美的姿态

想留住

它最后的辉煌

而此时　寂寞的山道

一些意念抑或想象肆意如潮

晚风再起　吹散了最后的秋天

当寒冷爬上身体的刹那

我与冬天只有一把六弦琴的距离

落叶奏响了琴弦

琴声中　依然找不到答案

四季的轮回把我抛向了季节以外

任由灵魂在找寻中裸奔

我竟然有一丝飘然
犹如一枚洗净风尘的落叶
挣脱于俗世之外
以骄傲的姿态看云卷云舒

还有什么不舍？
就像这一季的斑斓
终归要褪色或沉寂
譬如今天　在无人注目的黄昏
我目睹了夕阳的繁华和落寞
那一刻
痛　遍及全身

冬日下午

天昏地暗
寒霜一层又一层
清凉而又华美

音乐　香茗　泛黄的书页
于此　是我的梦吗
时间慢慢消瘦

以此为梦于俗世之巅
怀抱信念狂热地跳跃
尘土飞扬

彩虹在眼前摇晃
我竟有些恍惚
孤独抱着我从天空
坠落

寻觅

寻寻觅觅
植根于身体的文明
将落后与蛮荒
抛向了原野

升腾的意象
裸露的灵魂
纠缠在
浩渺的沙漠

沦陷于不毛之地　挣脱
被世俗捆绑的锁链
寻觅　艰难地
寻觅

那一刻
山河俱焚　树木凋敝

浮云消散　而此时

遥远的意念

正开花结果

京城雾霾

天子脚下
已不是梦想的家园
肆意弥漫的雾霾
模糊了双眼
看不清远方的目标

连呼吸也被堵塞
且莫说人生的航向
权力　金钱以及膨胀的欲念
终归被狂野的沙尘淹没

这是个恐慌的时代
不仅仅是人类
还有被人类粉饰的
自然

自然的法则

是心存敬畏的宝典

人定胜天

不过是人类

聊以自慰的意淫

油菜花开

油菜花开了
这是无法拒绝的浪漫
耀眼的金黄
让万物失了颜色

我误入花海　眼神迷乱
像怀春的少女
坠入爱情的殿堂

空中飘散的清香
温暖的太阳
紧紧拥抱着我

一只蝴蝶与花蕊缠绵
时而翩飞　时而低语
这一瞬的美化作了永恒

人与自然的契合
这是最美的相遇
就让我醉倒不醒吧

而心海泛起的感动
一份放飞天涯
一份留给自己

觉醒

从上古到现在
时光被穿越了 N 多次
青春被涂抹得不堪
意念浑浊　无从拾起

天地刹那间阴暗
蒙霜的灵魂坠落于
无底的深渊

索性　将一切屏蔽
把自己和世间遗忘
留一具从善的躯壳

突然　一丝冰凉滑下脸颊
灵魂的颤抖让我猛然觉醒
为什么
我会悄然流泪

想念春天

我躲在背阴处
喘着粗气　一遍又一遍
挥动冒着热气的手
擦拭被阳光榨出的汗水
这个时候　我才知道
春天竟如此短暂

春天的花依然在夏天开放
看上去像老妇人的脸
干巴巴得起着皱儿
爬满了沧桑和无奈
我努力闭上被灼伤的眼睛
逃离似的将目光投向了远方

希望在记忆的深处挣扎
春天播种的秧苗还未站稳脚跟
便如同我刚刚破土的文字

被灼热的风
连根拔起

我欲罢不能
透过冒着青烟的树叶
以这样的方式
想念春天

等待一场雨

这个时候　多么渴望
一片云
大朵的乌云
跟随风的脚步
吹来一阵雨

只是单纯的雨水
不需要思想　内容
足够率性　酣畅淋漓
足够干净　透彻清亮

这个夏天
焦渴的内心
像燃烧的沙漠
光秃秃的　寸草不生

等待一场雨

就像等待一场
水晶般的爱情

癸巳年七月的下午

癸巳年七月的下午
太阳吐着火舌
风吓得不知去向
炽白的光泛着虚假的笑
我闭目　目眩

此时　我百无聊赖
无法拒绝的惘然
将我捆绑得无所适从

没有目标的寻找
没有结果的思考

菩提本无树
明镜亦非台
而我目光所及之处
都已落满了尘埃

风啊　雨啊
来吧
我爱你
对你的仰望
让我看见了美
那是初降人世的真

这是一个美妙的下午

我说不清
这是怎样的美妙
我只听得
如痴
如醉

飘忽不定地游弋
在一种虚幻的世界
构建高尚的灵魂

有些突兀　可笑
却是愿意抵达的高度
让心思邈远　空寂　无尘

这是一个美妙的下午
一场碰撞
让精神有了
最好的归宿

流年似水

一遍又一遍
琴声幽幽
寒冷　落寞开始逃离

清清浅浅的岁月
淌过我的童年　青年　中年
淌过我的过去　现在　未来

清冷被琴声融化
延伸的记忆如诗篇
被我一页页地翻阅

苍白　抑或是单调
覆盖了浓浓的冬日
恐慌溢满了全身

流年似水

此时　时间的碎片

一次又一次

把我的心

刺痛

今夜，一张白纸很冷

今夜　铺开一张白纸
找寻我的前世今生　以及
与你有关的点点滴滴

白纸有些冷漠　一言不发
我试图燃烧它
点燃我的激情

依然是冷冰冰的
像被掏空的房子
空得连一首诗歌都不曾留下

今夜　一张白纸很冷
冷若冰霜的冷
烈火般燃烧的冷

一棵树

看上去粗壮挺拔
可你真的老了
不信你看
你本不茂盛的头发
开始纷纷脱落
留下光秃的枝干
在寒风中　踉跄
摇摆

我在时光的背阴处
想象你青春的模样
你无助的眼神
把我的心灼痛

时间越走越老
老得连一片记忆都没有
纵然我倾尽爱情

也不能令你光秃的枝头
返青

不再妄想

暖暖的灯光下
红酒摇曳　迷离
推杯换盏　热情高涨
莫名的　我被忧伤射中
孤独　翻身而来

似曾相识的声调
唤醒了消逝的昨天
不完整的往事
落叶般凋零

我欲抽身
让心事虚空
难以挣脱的那张网啊
将我捆绑得太紧

唉　什么时候

我可以不再妄想
让心灵如清水
干净　澄明

来自暗夜的声音

暗夜　我坠入比梦更深的暗夜
这里兰香四溢
滋长着善良
谎言　欺骗落荒而逃
我
便是这俗世的唯一

我把古老的琴曲弹唱
带着喜悦的心愿
倾诉炽热的爱恋
早已习惯麻木的暗夜
却有了痛苦的回声

一声长泣唤我
于这不安的尘寰
聆听　来自暗夜的声音
是善与恶的纠缠

沉浮在美与丑的旋涡

我舔舐流血的伤口
脱去厚厚的黑衣
如抽丝剥茧　饱受重创
那裸露的灵魂
是否能涅槃重生

上邪，请度我

我是如此愚钝
在几世轮回中
备受煎熬

上邪　请度我

我跪磕长头
匍匐在地
用虔诚的心
忏悔

上邪　请度我

普度众生
可是你的夙愿
而我

也是众生的尘埃啊

上邪　请度我！

今夜无眠

酒精　香烟　荷尔蒙
汇集在一起
夜冷漠地看着
迟迟不肯落下帷幕
浓重的气味
在无序的欲望里弥漫
混合的味道驱赶疲乏的睡眠

星星也没有了睡意
怜悯地看着我
我像一只没有思想的绵羊
被无情地抬上砧板
任由夜的魔爪撕杀
可悲的是
连呻吟的力气也没有

黑夜无边无际

绝望无休止蔓延
无数次
在无法接近睡眠的夜晚
真理也被淹没在混合的气味里
我被任意宰割
体无完肤

小潢河，我重情重义的母亲河

那缓缓流淌的小潢河
是大地明亮的眼睛
是大别山人梦中的记忆
是我赖以生存的母亲河

她没有黄河的气魄
没有长江的绵长
像一位腼腆的佳人
静静地　蜿蜒着向北

那么优雅　从容
以几世不变的情怀
滋养着这里的生灵
包容博爱　世代繁衍

我至亲至爱的小潢河啊
灵魂里一处柔软的境地

不息地在我的血管里流淌
陪伴我一路成长

我相濡以沫的小潢河啊
多少个不眠之夜
你用清澈的眼神
洗刷我俗世的杂念

我不离不弃的小潢河啊
以母亲般的慈爱
治愈我文字的隐痛
然后款款地走进我的诗行

小潢河
我重情重义的母亲河啊

初冬

这个下午
一曲妙音
将零落的心事
半卷的闲愁
消融

轻轻的问候
似暖阳　温暖我
在飘着小雨的
清冷的初冬

千年之约

你可是从烟雨的江南走来
深情款款　淡雅端庄
顾盼的眼神盛满了醉意

多情的江南女子哟
笑意盈盈
掌心的文字灿若鲜花
开满了幸福

我本布衣书生　一无所有
八千里的云和月啊我跨越了千年
只为赴你的今生之约

请许我殷勤的爱恋
我蓄势已久的感情似烧酒般浓烈
为了你　我愿沉醉千年

将你一生的美丽交给我吧

纵使岁月流逝　青春不再

你依然是我幸福的新娘

温暖我，在这清凉的深秋

这是一座用心铺就的花园
朴素而又葱茏
我看见有人在这里
用笔　墨　微笑
播撒爱　善良

善良与爱
人世间多么奢侈的词
我不想拥有太多
我只想简单地活着

时常我无意走过
总有一些被我忽略的阳光
穿透我的心扉　温暖我
在这清凉的深秋

元旦遐想

如果可以
我想回到过去的时光
小潢河是旧时的模样
长长的沙滩有我赤足的脚印
清澈的河水奏响童年的欢歌

如果可以
我想回到过去的时光
灵秀的山城郁郁葱葱
没有机器的齿痕　裸露的山脊
少年的理想放飞在湛蓝的天空

如果可以
我想回到过去的时光
月圆的时候和嫦娥低语
月缺的时候和星星呢喃
纯净的夜空离我很近

皎洁的月光比现在年轻

如果可以
我想回到过去的时光
再次与你谈场恋爱
做你的妻守着你
和你好好虚度光阴

如果可以
我想回到过去的时光
漫无边际地遐想
想啊想啊　春天就来了
纵横交错的皱纹舒展了
头上的白发　也变成了青丝

倾听《梁祝》

多少年了　你一直没变
音符　容颜　还有你的爱情

多少次了　你声泪俱下的倾诉
让我的容颜渐老

可是　你的相思不老
我又怎敢老去

岁月已泛黄
我的泪水清亮如初。

情谊

锦瑟　流年
华彩而又感伤
从青葱到萧瑟
倏忽之间
沧桑巨变

不变的还有什么
善良的愿望
初始的真

哦　一切在变
无法改变的是刻有年轮的笑容
深深的情谊

墨语

喜欢你的黑
如同夜的颜色
在寂寥中消磨时光

喜欢你的纤纤玉指
在我默默的等待中
一笔笔挥洒
难以诉说的心事

没有理由的喜欢啊
在冷漠的黑白岁月中
一次次的孤独与梦想
在飘香的墨迹中缠绵

或许我早已习惯了如此
在对你痴痴的守望中
有我无语的倾世恋情

在寒冷中慢慢老去

我拒绝尘世的纷扰
拒绝鲜花的诱惑
把自己紧紧地包裹起来
在寒冷中慢慢老去

一扇门窗让我与世隔绝
窗外寒风依旧　雪花飞舞
当最后一枚树叶离开树枝之时
我的心也一片荒芜
漫天飘舞的雪花让世界素净
我的身体也结满了冰霜

雪花依旧在静静地飘落
是怕惊扰寒冷带给我的疼痛与磨难
还是怕惊醒沉睡的灵魂
冰封的意念在悄悄融化
束缚的手脚在慢慢解开

莫非　你是来普度众生的活佛吗

哦　雪花　我唯愿你是

在通往温暖的台阶上
在我已渐老去的生命里
我心怀祈愿一步一叩首
温暖忽远忽近
望着窗外苍茫　寥廓的天空
我该怎样忘却这寒冷
忘却寒冷带给我的疼痛与折磨

在这清闲的日子里

从周一到周五
我把自己封闭起来
躲在一隅　与世隔绝
任由苍白在缤纷的线条上舞蹈

膨胀的欲望塞满了所有角落
诱惑的彩线跌宕起伏
庸俗将我紧紧地包裹
高雅和文明已面目全非

今天　在这清闲的日子里
拨开阻挡视线的杂草
将自己掏得空空
借助一盏茶　一本书　一首曲
把世俗的混沌清洗

今天　在这清闲的日子里

独享一份孤独的优雅

听窗外的小雨滴答

看天上的月光柔柔

致苍天

你已临盆　请等等
让我为你系上金色的丝带
请你向西北而行
那里需要你的甘露

请你表达得温柔些
被你宠坏的子民忧心忡忡
那排空浊浪的气势
让微小的生灵瑟瑟发抖

此刻　你的爱把我浑身湿透
我的心已是千疮百孔
街道狰狞　蔓延着恐慌
城市的上空弥漫着疼痛

我敬畏而又深爱的苍天
请赐我力量与勇气

让我托举渴望的明亮

让洪水退潮

让爱浮出水面

一张白纸

面对一张白纸我有些迟疑
是写下无病呻吟的分行文字
还是种上俗世的烟云
也许　留白才是最好的诠释

这个喧嚣的尘世
白纸总能坚守它的静默
任由我歇斯底里　我嬉笑怒骂
直至春风摇曳心生莲花

我生于今世　你长于前朝
红尘之上你我相距遥远
一旦相遇便心意相通
你是我灵魂的一方净土

不必掩饰也无须防备
为此我足可以托付一生

我倾心的知己

相濡以沫的爱人

玉坠

我不得不承认
那一刻　我由衷爱上了她
女人都是虚荣的
尤其是对珠宝

一枚小小的玉坠
像一把剑
滴着殷红的血
泛着绿莹莹的光
仅一指之遥
仿佛隔了万水千山

我伸出的手又缩了回去
翡翠嘲讽地看着我
散发着冷冷炫耀的光彩
我稳稳神　咽下欲望的口水

这天价的玉坠

一百六十八万元

我几乎喘不过气来

目光有些迷离　恍惚

我按了按狂跳的心

挺了挺腰板

昂起了低下的头

抽身而逃

期待

立春未到
天空　大地以及
大地上的生灵都开始萌动
我也迫不及待
赶赴这场盛大的宴会

凛冽的寒风开始温柔
冰冻的河流开始歌唱
消瘦的山川开始丰满
枯黄的小草开始泛青

在春风里
嫩绿的柳枝
缓缓地摇曳
迎春花　梨花　桃花
缓缓地开放
在春天的怀抱里

我也缓缓地流淌

想一想　人世间

还有这么多的美好可以期待

这么多的幸福可以憧憬

想一想　面对俗世的寒冷

还有诗歌可以取暖

这是多么奢侈的事情

想一想啊

不由我心怀感恩

泪流满面

此时，雨正淅沥

这是一个适合睡觉的下午
天空飘着丝丝小雨
我抛开一切思维　想象
把自己交与一张冷漠的床
很快
我进入了深度睡眠

这是一个美妙的时刻
我如初生的婴儿　赤身裸体
雨水把我冲洗得干净
除了母体的血渍
还未沾染尘埃

我的眼里一片虚空
只有湛蓝的天空　流动的云
母亲殷切的目光
惊喜的泪

多么让人激动啊
我用阳光涂抹双手
在绽放的花瓣上写诗
你双眸含笑　柔情似水
用心吟诵我彩色的诗篇

月光摇曳　夜色迷蒙
蓝色的湖面微波荡漾
我扶橹　你摇桨
相融此时
和风拂面　低吟浅唱
我们用真情在月光里寻梦

风起寒来袭
吹醒好梦人
是谁的清泪滴落枕边
此时　雨正淅沥……

梦回长安

2012 阳春三月的深夜
夜色茫茫　前路渺渺
我随列车穿越时光隧道
走进了 1200 多年前的长安

长安街上灯火辉煌
丝竹弦乐随风飘荡
酒香在夜空缭绕
你思乡的月光缠绵

真的是你吗
素衣青衫　清雅飘逸
携一壶老酒　握一支长箫
仰天大笑　踏月而来

真的是你吗
天子呼来不上船

一腔豪气冲云天

今夜与你的相遇
醉了远古的月光
让我斟满消愁的美酒
与你长醉不醒吧

今夜　我别无所求
请让我
用一生积蓄的芬芳
在你的面前　绽放

后记

当我把这本诗集《这安静的好时光》呈现给大家的时候，除了欣喜、释然，更多的是忐忑不安。我很清楚这本诗集的粗陋与浅薄，整理的时候我有些犹豫——要不要出版？说实话，就诗而言，确实不够出版水平，考虑再三，我还是鼓足勇气决定出版，一来，为了满足自己的虚荣；二来，也算是对自己多年辛勤码字有个交代。正如博尔赫斯所说："我写作，不是为了名声，也不是为了特定的读者，我写作是为了光阴流逝使我心安。"

是啊，为了流逝的光阴，为了挽留稍纵即逝的美好，为了生活的艰难与焦虑，为了浮躁的心灵安好，我一直心怀美好，向着诗意的远方不停地行走、行走……《这安静的好时光》便是我一路行走所追求的生活状态。

我从不敢以诗人自居，但以我之内心柔软、坦荡与真诚而言，我觉得自己还算个诗人，尽管连我自己都不敢恭维我的诗，但至少我一直在努力做最好的自己。

我一直认为，诗人的可贵就是要有一颗敏感、真诚与坦荡的心。所以，除了真诚与坦荡，我的诗无技巧可言，诗于我，永远是远方最美的风景，我会坚持不懈地走下去。

想起我的第一首诗,它诞生于我十七岁的生日之夜。那个晚上,我很迷茫、困惑,面对继续学习还是工作,陷入了两难,我独坐在一间黝黑的小屋里,一个人胡思乱想。这时,皎洁的月光透过窗户倾泻进来,我走到窗前,看窗外月光映照着白雪,晶莹、透亮。我按捺不住,不顾寒风凛冽,不顾天寒地冻,毅然走出小屋。街上人迹稀少,脚踩在雪地上发出沙沙的声响,我居然不觉得害怕,放眼四周,白茫茫一片,那白却是柔和的、浪漫的,充满梦幻与神奇。一种无法诉说的情绪在心海涌动,我突然就有了写诗的冲动,于是回到家就写下了第一首诗《告别昨天》。当时,我就是想用一种朦胧而又含蓄的语言表达自己的感受,谁知写出来之后自己很不满意,通篇都是一些欲赋新词强说愁的浅薄字眼。看来,诗歌于我是皇冠上的明珠,只可仰望而不能触摸,之后它便被我束之高阁了。多年以后再拿出来看时,字迹早已模糊不清,它最终经不起岁月的淘洗,在光阴的流逝中没入了尘埃。之后好多年,我再没写诗。其间,我阅读了古今中外诗人大量的诗,借以提高自己的鉴赏和写作能力。再次写诗是在有了女儿之后,这一写便直到现在。

个人而言,我不喜欢那些生涩、晦暗、绕口,故意跟读者打哑谜的诗,我觉得这些诗有故弄玄虚、卖弄之嫌,我喜欢清新自然、朗朗上口、富有情感的诗。一首好的诗,首先要感动自己,然后才能感动他人。纵观古今,但凡流传下来的诗都自然清新、朗朗上口、有厚度、有质感,更能触动心灵。

我承认自己不是一个好的诗人,但我认为:做人远比作诗更重要。一首诗的品质,也是一个人应有的品质:善良、宽容、正直、责任、担当、自尊、朴素、感恩、悲悯。如此，既然我做不了一个好的诗人，最起码，我可以力求做一个好人，一个具有上述品质、有血有肉、有情有义的好人。

写诗亦如我现在的生活，悠闲、懒散。我这人不善言辞，不善交际，喜欢独处，喜欢在一盏茶、一本书里虚度光阴。喜欢这样的生活：在流逝的光阴里，享受四季更替带来的愉悦，倾听花开花落的声音，沐浴日月光照的柔辉，享受清风拂面的爱抚，欣赏雪花飞舞的浪漫……多么安静、优雅、从容的好时光。感谢上苍赐予我这一切的美好，在自然的世界里，在现实安好的时光里，让我可以保留一块心灵的净土，不管是清贫或富贵，不管是得意或失意，不管是沮丧或欣喜，都能够心存美好，做纯粹的自己，无须委屈、做作，无须曲意奉承，这是多么美好的事，就像陶渊明说的“此中有真意，欲辨已忘言”。

《这安静的好时光》一书即将付梓。在此，我要特别感谢评论家、诗人单占生教授和诗人田君先生，感谢他们不嫌弃我单薄和粗陋的文字，欣然为此诗集作序，尤其是单教授，还为我的诗集联系出版事宜。感谢作家陈峻峰先生对此诗集的书名给了许多中肯的建议，并在此诗集的整理过程中提出了许多宝贵意见。感谢曾宪盛老先生几次校改。感谢出版社所有编审人员。我要感谢的人很多很多……

就像村上春树说的，你要记得那些黑暗中默默抱紧你的人，逗你笑的人，陪你彻夜聊天的人，坐车来看望你的人，陪你哭过的人，在医院陪你的人，总是以你为重的人，带着你四处游荡的人，说想念你的人。是这些人组成你生命中一点一滴的温暖，是这些

温暖使你远离阴霾,是这些温暖使你成为善良的人。

感谢生活,感谢诗歌。

2017 年 7 月 25 日　新县